마니석, 고요한 울림

마니석, 고요한 울림 1 (큰글씨책)

초판 1쇄 발행 2020년 3월 25일

지은이 페마체덴
옮긴이 김미헌
펴낸이 강수걸
펴낸곳 산지니
등록 2005년 2월 7일 제 333-3370000251002005000001호
주소 부산광역시 해운대구 수영강변대로 140 BCC 613호
전화 051-504-7070 | 팩스 051-507-7543
홈페이지 www.sanzinibook.com
전자우편 sanzini@sanzinibook.com
블로그 sanzinibook.tistory.com

ISBN 978-89-6545-032-0 04820
        978-89-6545-031-3 (세트)

마니석, 고요한 울림 ❶

페마체덴 지음 · 김미헌 옮김

산지니

차례

마니석
고요한 울림

이튿날 활불은 근처 사원에서 라마 일곱 분을 초청해
칠일 밤낮 동안 대대적으로 경을 읊었다.
조각공 노인은 다시는 르싸네의 꿈에 나타나지 않았다.
가끔 달이 아주 크고 아주 둥글고 유달리 밝게 빛나는
어두운 밤에, 르싸네가 술에 취해 집으로 돌아올
때면, 이따금 저 멀리서 누군가 마니석을 두드리는
소리를 들을 수 있었다. 가사 없는 민요처럼 고요한
울림이었다.

르싸네洛桑는 그야말로 술고래였다. 한 달에 거의 스무 날은 취해 지낸다.

어머니가 돌아가신 날도 술에 취해 있었다. 르싸네의 어머니는 한 달 전 어느 오후 갑자기 돌아가셨다. 아무런 조짐도 없었다. 점심에도 쑤요참바를 큰 그릇으로 드셨다.

르싸네의 아내 도옴桑姆은 그런 시어머니께 너무 먹지 말라며 노인이 많이 먹으면 소화하기 힘들다고 얼렀다. 어머니는 되레 버럭 성을 내셨다.

"지금 내 나이가 몇인데! 얼마나 더 살지도 모르는데 먹을 수 있을 때 먹어야지!"

그렇게 쑤요참바 한 그릇을 다 비우고 또 차 한 대접을 마셨다. 그러더니 노곤하다시며 침대에 누워서 쿨쿨 잠이 들었고 다시는 깨어나지 못했다.

르싸네 어머니가 죽은 뒤 노인들은 농담으로 말했다.

"저 노인네 배는 곯지 않고 세상 떴으니 그것도 복이라면 복이야."

르싸네의 아내가 후에 기억을 더듬어 말하길 어머니가 주무시러 가기 전에 르싸네를 찾으며 문득 한마디를 했다는 것이다.

"르싸네 이놈은 또 술 취해서 돌아다니는 게냐? 뭐 하느라 온종일 코빼기도 안 보여? 어쩜 그리 제 아비하고 똑같을꼬!"

이 말을 들은 르싸네는 자신이 불효를 저지른 것 같아 가슴이 아팠다. 하지만 르싸네가 더욱 괴로웠던 이유는 정말 기가 막히게도, 어머니가 돌아가실 때 진짜 취해 있었기 때문이다. 그 일 때문에 르싸네는 마을에서 또다시 웃음거리가 되고 말았다.

어머니 장례를 치르고 난 후, 르싸네는 거의 매일 술에 취해 지냈다. 술이 슬픔을 떨칠 수 있는 유일한 방법이라고 했다. 노인들은 엄지를 치켜세웠다.

"지금 네 놈 꼬락서니는 그야말로 명실상부 술고래인 네 아버지를 능가하는구나!"

르싸네는 그들이 뭐라 하든 괘념치 않았다.

아버지도 술에 환장하던 사람으로 결국 술에 빠져 죽었다.

아버지가 돌아가셨던 날도 생생하게 기억한다. 어느 겨울날 새벽이었다. 젊은 청년 몇 명이 꽁꽁 얼어붙은 아버지의 시체를 대문까지 옮겨 왔다. 아버지의 사지는 사방으로 쭉 뻗어 있었다. 그 때문에 아버지의 시체를 작은 대문 안으로 옮길 방법이 없었다. 그들은 하는 수 없이 시체를 문 앞에 두고 안에다 소리를 지르고는 그대로 가버렸다. 밖으로 나온 어머니는 굳은 시체를 보고 눈물을 흘리기는커녕 냉랭하게 말했다.

"이런 날이 올 거란 걸 진즉에 알았지. 오늘내일할 뿐이었어."

얼음처럼 굳어버린 르싸네 아버지의 얼굴에 옅은 미소가 띤 것 같았다. 마치 하늘을 쳐다보며 웃고 있는 듯했다.

남편의 푸르죽죽한 웃는 얼굴을 눈을 크게 뜨고 보던 어머니는 몸을 돌려 집 안으로 들어가 버렸다.

그때 르싸네는 잠에 취해 있었다. 잔뜩 화가 난 어머니가 한참 자고 있던 그를 이불 밖으로 끌어냈을 때까지도 무슨 일이 벌어졌는지 전혀 알지 못했다. 어머니는 그를 문 앞까지 끌고 와 꽁꽁 언 아버지의 시체를 가리키며 이게 술을 퍼마신 자의 최후라고 차갑게 말했다. 르싸네는 아버지의 창백한 얼굴 위에 걸쳐진 미소를 보고 속으로 좀 우스웠다. 지금껏 그런 웃음을 본 적이 없기 때문이다. 그 미소는 그의 뇌리에 깊이 남았다. 나중에 아버지를 생각할 때마다 아버지의 기이한 미소가 떠올랐다.

아버지가 술을 먹고 죽었다는 얘기를 어머니께 듣고 나서야 두려움이 밀려왔다. 벌벌 떨며 아무 말도 할 수 없었고 울고 싶었지만 눈물도 나오지 않았다. 남몰래 앞으로 술은 절대 입에 대지도 않겠다고 속으로 다짐했다.

하지만 열여덟 살이 지나 르싸네는 술에 빠져들었고 명실상부한 술고래가 되었다. 그의 어머니는 그저 자기 팔자가 사납다고, 전생에 죄를 많이 지었다면서 한탄할 뿐이었다.

그날도 르싸네는 언제나처럼 대낮에 술친구 테엔젠丹增을 찾아가 저녁까지 술을 마셨다.

밤하늘에 달이 낮게 걸려 있었다. 아주 크고 둥근 달이었다. 르싸네와 테엔젠은 달빛 아래 얼큰하게 취해 콧노래를 불렀다. 그러다가 멈춰서 달을 향해 오줌을 갈기며 욕지거리를 내뱉기도 했다. 그 후 둘은 각자 집으로 돌아갔다.

르싸네는 집에 들어가자마자 신발을 벗어 던진 후 술기운에 아내의 이불 속을 파고들었다.

시끄러운 소리에 깬 아내는 이불 속에서 남편의 발을 걷어차며 욕을 퍼부었다.

"아이고, 이 술고래야!"

르싸네는 아내의 발을 끌어안은 채 이불 속으로 더욱 파고들며 희희낙락 웃었다.

"그래! 내가 술고래다! 이 별명 마음에 쏙 든다니까."

아침에 날이 밝자마자 르싸네가 눈을 떴다. 그러더니 뜬금없이 오묘한 말을 내뱉었다.

"어젯밤 달이 아주아주 크고 아주아주 동그랬어. 그리고 무지하게 밝았지!"

르싸네의 아내가 말했다.

"그게 뭐 어때서요? 보름달이 다 그렇죠!"

르싸네가 잠시 멈추더니 다시 입을 열었다.

"어제 달빛 아래서 누군가 마니석을 두드리는 소리를 들었어."

아내는 해장용 양고기 국을 가져와 그에게 건넸다.

"아직 술 덜 깼어요? 이거 먹고 얘기해요."

르싸네는 양고기 국을 한 입 먹고는 다시 말했다.

"분명히 들었어! 마니석 두드리는 소리였어! 엄청 고요해서 뚜렷이 들렸어!"

"어디서 들었는데요?"

"길에서. 집에 오는 길에서. 마니퇴* 쪽에서 소리가 들렸어."

아내는 그의 얼굴을 자세히 들여다보더니 매섭게 눈을 치뜨며 말했다.

"그럴 리가요. 조각공 어르신이 돌아가신 지 벌써 며칠이나 지난 걸요! 조각할 줄 아는 사람도 이제 없는데 누가 거기서 마니석을 두드려요!"

"어르신 돌아가신 건 나도 알지. 근데 진짜 들었다니까! 어르신 살아계실 때랑 똑같은 소리가 났어!"

"설마요!"

---

* 마니석이나 돌을 쌓아 올린 돌무더기

"뭐가 설마야? 내 양쪽 귀로 똑똑히 들었다는데, 뭐가 말이 안 돼!"

아내가 웃으며 말했다.

"당신 어제 집에 올 때, 무슨 개처럼 엄청 취해 있었어요."

"기억나. 당신이 나더러 술고래라고 욕도 했잖아."

"오락가락하는 줄 알았더니 기억하네요!"

르싸네는 양고기 국을 또 들이켜고는 뭔가 생각하더니 다시 입을 열었다.

"개처럼 취한 건 사실인데, 전부 기억나."

"설마요."

"나도 좀 이상하긴 해. 평소엔 술 마시면 아무것도 기억 안 나는데, 어젯밤 일은 정말 또렷이 기억난다니까."

아내가 쓴웃음을 지었다.

"뭐가 기억나는데요?

르싸네는 미소의 의미를 알아채고 자신도 비슷한 미소를 지어보았다. 그리고 들고 있던 양고기 국을 깨끗이 비우고 말했다.

"됐어, 물어보지 마. 기억난다고. 전부 다!"

"맹세할 수 있어요?"

"난 원래 아무 때나 맹세하지 않아. 하지만 정말 다 기억나."

아내는 그저 웃기만 할 뿐 아무 말도 없었다.

르싸네도 그저 웃기만 할 뿐 아무 말도 하지 않았다.

아내는 다시 양고기 국을 한 그릇 떠 왔다. 여전히 쓴웃음을 지어 보이며 말했다.

"한 그릇 더 먹어요. 몸보신해야죠."

르싸네는 아무런 대꾸도 없이 평소 술 들이켜듯 양고기 국을 벌컥벌컥 마셨다.

아침이 되었지만, 먹구름에 둘러싸인 태양은 좀처럼 모습을 드러내지 않았다.

동쪽에서 거센 바람이 휑하니 불어오자 먹구름은 사라지고 태양이 나타났다. 사람들도 마을 중앙에 있는 공터로 모여들었다.

마을 사람들은 매일 모여 이런저런 새로운 이야깃거리를 나눈다. 먼저 간밤의 달이 화젯거리로 떠올랐다. 달 이야기가 나오자 다들 정말 크고 동그랗고 엄청 밝게 빛났다며 감탄을 연발했다.

그러자 르싸네가 어젯밤 달빛 속에서 마니석을 두드리는 소리를 들었다고 말했다.

사람들은 순식간에 집중했다. 하나둘씩 수군거리기 시작하더니 결국 대부분이 그 말이 거짓이라고 여겼다.

어떤 사람은 화를 씩씩 내며 소리쳤다.

"술고래가 하는 말을 어떻게 믿어!"

르싸네는 난감한 표정이 역력했다. 어쩔 줄을 몰라 하다가 결국 진짜라고 맹세를 했다.

맹세까지 했지만, 사람들은 믿지 않았다.

르싸네는 간밤에 함께 집에 갔던 술친구 테엔젠이 인파 속에서 웃고 있는 걸 발견하고는 그를 뚫어지게 노려봤다.

그제야 테엔젠의 얼굴에 있는 시퍼런 멍이 눈에 들어왔고, 멍 때문에 웃는 건지 아닌 건지 좀처럼 분간하기 힘들었다. 순간 아버지가 돌아가셨을 때 웃고 계셨던 얼굴이 떠올라 조금 긴장됐다. 당황한 르싸네가 물었다.

"얼굴이 왜 그래?"

테엔젠이 말했다.

"나도 모르겠어. 아침에 일어나니까 마누라가 내 얼굴 오른쪽이 시퍼렇게 멍들었다고 하는 거야. 그래서 거울을 봤더니 아니나 다를까 정말 심하더라."

르싸네가 말했다.

"정말 알다가도 모를 일이네. 그래도 살아 있어서 다행이다."

테엔젠이 르싸네의 얼굴을 쳐다보며 말했다.

"무슨 소리야?"

르싸네는 한참 있다가 반응했다.

"아, 아무것도 아니야."

테엔젠은 눈을 흘기며 말을 이었다.

"네가 간밤에 이렇게 만든 거 아냐?"

"그럴 리가. 어젯밤 일 전부 다 기억해."

"그래?"

르싸네는 웃었다. 하지만 여전히 진지한 모습이었다.

"그렇다니까."

테엔젠이 말했다.

"못 믿겠는걸. 술 취해서 뭐라도 잘못 말하면, 너 맨날 내 오른쪽 얼굴 때렸잖아."

르싸네가 대답했다.

"근데 어제는 진짜 안 때렸어. 분명히 기억해."

테엔젠이 웃으며 말했다.

"그럼 어젯밤에 나 안 때렸다고 맹세해."

르싸네는 두 손을 모아 합장을 하고는 눈을 감았다.

"맹세합니다!"

테엔젠은 시퍼렇게 멍든 얼굴을 만지며 말했다.

"알았어, 이제 믿을게. 길에서 자빠져서 어디 돌부리에 부딪쳤나 봐."

르싸네는 테엔젠의 말은 듣지도 않고 옆에서 이상한 눈빛으로 자신을 쳐다보는 사람들을 보며 말했다.

"근데 다들 내 말을 안 믿잖아."

테엔젠은 얼른 마을 사람들에게 르싸네를 두둔하며 말했다.

"르싸네는 평소 허투루 맹세하지 않아요. 맹세했다는 건 절대 거짓말이 아니라는 거예요. 그러니 다들 믿으세요."

사람들은 계속 손사래를 치며 고개를 저었다.

테엔젠도 갑자기 뭔가 의아한 듯 르싸네를 노려보며 말했다.

"어제 분명 우리 같이 집에 갔지? 난 아무 소리도 못 들었는데 넌 어떻게 들었어?"

"달 기억나? 아주 커다랗고 아주 둥글고 유난히 밝던 달 말이야."

"기억나지. 지금까지 살면서 그렇게 크고, 그렇게 둥글고, 그렇게 밝은 달은 처음 봤거든."

"그럼, 달 보면서 네가 뭐라고 했는지도 기억나?"

테엔젠은 조금 머쓱해 하며 대답했다.

"그건 기억 안 나."

르싸네가 말했다.

"네가 그랬잖아. '달님, 달님, 꼭 우리 마누라 얼굴처럼 아름답네요.'라고"

몇 사람이 테엔젠을 보며 킥킥거리고 웃었다.

테엔젠은 민망했는지 서둘러 말했다.

"알았어, 알았으니까 이제 그만 말해."

르싸네는 테엔젠을 노려봤다.

테엔젠은 다시 진지하게 말했다.

"근데 난 마니석 두드리는 소리는 정말 못 들었어."

르싸네도 사뭇 진지했다.

"너 방금 내가 맹세하는 거 봤잖아. 내가 술고래긴 해도 한번도 부처님을 두고 장난친 적 없어. 난 부처님께 맹세한 거라고.”

테엔젠은 잠시 뭔가 생각하더니 고개를 끄덕이며 아주 정중하게 대답했다.

“그건 그래.”

르싸네는 그제야 테엔젠에게서 시선을 돌려 다른 사람들의 얼굴을 살폈다. 자신을 보는 사람들의 눈빛이 애매해서 정확한 의미를 파악할 수 없었다.

이때, 염소수염을 한 어떤 노인이 입을 열었다.

“르싸네가 술고래긴 하지만 지금껏 함부로 맹세하는 걸 본 적이 없어.”

그는 마을 사람들이 아니라 앞쪽의 어떤 곳을 보며 엄숙한 표정으로 말했다.

사뭇 진지한 표정이 염소수염과 대조되어 우스꽝스러워 보였다.

르싸네는 염소수염 노인의 그런 모습을 보자 웃음이 터졌다.

그러자 노인은 고개를 돌려 르싸네의 얼굴을 보며 말했다.

“이 술고래 자식! 뭐가 웃겨! 지금 네 역성 들어주는 거 안 보여!”

다른 사람들도 계속해서 르싸네를 쳐다봤다. 다들 진지한 표정이었다.

르싸네는 얼른 엄숙한 표정을 짓고는 고개를 끄덕였다. 얼굴에서 미소가 묻어났다.

다른 사람들도 엄숙한 표정을 짓고는 고개를 끄덕이더니 곧 소리 내 웃기 시작했다.

르싸네는 웃음을 멈추고 말했다.

"대체 내 말을 믿는 거예요, 안 믿는 거예요?"

사람들 모두 르싸네를 쳐다보며 의미심장하게 웃고 있었다. 염소수염 노인도 이상한 표정으로 속을 알 수 없는 웃음을 지어 보였다.

르싸네는 화가 났다. 얼굴이 순식간에 붉게 달아오르더니 목까지 시뻘게졌다.

"정말 다들 이상한 사람들이네요. 맹세까지 했는데도 못 믿는 겁니까?"

사람들은 여전히 웃고 있었다. 웃음소리도 들렸다.

르싸네는 조금 조바심이 났다.

"내가 진짜 마니석 두드리는 소리를 들었다니까요. 저 산 위 마니퇴에서 소리가 들렸다고요. 우리 마누라한테도 말했는데, 결국 마누라는 믿어줬어요."

누군가 웃기 시작했다.

"어이구, 조각공 어르신 화장해서 마니퇴 주변에 뿌린 게 언젠데!"

르싸네가 말했다.

"그건 나도 알아요."

염소수염 노인이 말했다.

"그런데도 터무니없는 소리 할 거야?"

르싸네가 말했다.

"터무니없는 말 아니에요. 또 맹세할 수 있어요."

테엔젠이 말했다.

"맹세하지 마. 그래 봤자 다들 안 믿어."

르싸네가 말했다.

"어째서?"

테엔젠이 말했다.

"네가 술고래라서 그래."

화가 난 르싸네가 말했다.

"쳇, 싫으면 믿지 말라지."

염소수염 노인은 한심하다는 듯 르싸네를 쳐다보며 웃었다.

"넌 정말 인내심이라곤 눈곱만큼도 없구나. 어떻게 해야 사람들이 네 말을 믿을까 고민하고 있었는데, 이렇게 참을성 없이 행동하는 걸 보니 내가 괜한 고민을 한 거 같다."

다른 사람들도 비웃는 눈빛으로 그를 쳐다봤다.

르싸네는 테엔젠에게 말했다.

"이 사람들 정말 이상하네. 믿기 싫으면 말라고 해."

테엔젠이 말했다.

"맞아, 뭘 모르는 사람들하고 시시콜콜 따질 필요 없어."

르싸네는 잠시 뭔가 생각하더니 다시 입을 열었다.

"가자. 마니퇴 쪽에 가서 좀 살펴보자."

테엔젠은 별로 내키지 않아 보였지만 하는 수 없이 그의 뒤를 따랐다.

사람들은 두 사람이 떠나는 뒷모습을 바라보며 웃었다.

두 사람이 마니퇴 쪽으로 걸어가고 있을 때, 앞에서 양 몇 마리가 사람이 오든 말든 신경쓰지 않고 건들거리며 느릿느릿 걸어가고 있었다. 마니퇴 근처에 다다랐을 때, 양 한 마리가 멈춰 서더니 마니석 위에 오줌을 쌌다.

그 모습을 본 르싸네는 뛰어가 발로 양을 걷어차고 욕을 퍼부었다.

"아무리 세상이 말세라지만, 이젠 짐승까지도 법도를 숭상할 줄 모르네! 이런 지옥에 떨어질 짐승아! 감히 신성한 마니석에 오줌을 싸!"

영문도 모른 채 르싸네에게 발길질을 당한 양은 고개를 돌려 르싸네를 한 번 노려보고는 오줌을 계속 질질 흘리면서 비틀거리며 앞으로 걸어갔다. 흙길 위에는 오줌을 따라 이상한 그림이 생겼고 그걸 본 르싸네는 별의별 생각이 다 들었다.

앞서가던 양 몇 마리가 멈춰 서더니 고개를 돌려 그 양을 비웃기라도 하듯 쳐다봤다. 그 상황을 보고 있던 테엔젠도 큰 소리로 웃기 시작했다.

르싸네는 양이 오줌 싼 마니석을 들어 올려 살펴보고는 소매로 오줌을 닦아내며 욕을 퍼부었다.

"이것 좀 봐. 조각공 어르신이 안 계시니까 이런 짐승까지도 신성한 마니석을 무시하네."

그 마니석에는 불상 한 점이 새겨져 있었다. 아주 장엄한 모습이었다.

르싸네는 다시 소매로 마니석을 잘 닦은 후, 옆에 있는 마니퇴 위에 올려놓았다. 두 손으로 합장하고 예를 올린 르싸네 얼굴에서 미소가 피어올랐다.

테엔젠도 미소를 지으며 르싸네의 웃는 모습을 바라봤다.

좀 전의 양들은 흔들거리며 진작에 저 멀리 걸어갔다.

두 사람은 조각공 어르신이 평소 마니석을 새기던 곳에 도착했다. 그곳은 마치 아무것도 존재하지 않았던 것처럼 텅 비어 있었다.

조각공 어르신의 죽음은 사실 갑작스러웠기에 아무도 예상하지 못했다.

조각공 어르신이 돌아가신 걸 제일 먼저 발견한 사람은 양몰이꾼이었다. 그날 양몰이꾼은 자신의 양 떼를 몰아 양 우리로 가고 있었다. 마니퇴 옆으로 난 작은 길을 지날 때, 주변의 공기가 평소와 다르단 걸 느꼈다. 당시에는 어떤 느낌인지 알 수 없어서 그냥 계속 앞으로 걸어갔다. 그러다 조각공 어르신이 마니석 벽 한쪽에 기대 있는 것을 보았지만 그저 잠이 드신 줄만 알았다고 했다. 양 떼가 어르신 곁을 지나는데도 어르신은 여전히 미동도 없었다. 그때 조각공 어르신이 돌아가셨다는 것을 알아차릴 수 있었다고 한다.

양몰이꾼의 어머니도 어르신처럼 마당 벽에 기댄 채, 조금도 움직이지 않는 모습으로 돌아가셨던 게 떠올랐다고 말이다. 그리고 바로 공기 중에 가득 차 있던 죽음의 기운을 느낄 수 있었다고 말했다. 어머니가 돌아가셨을 때도 그런 기운이 가득했다는 것을 분명히 기억한다고 했다.

조각공 노인은 자식도 친척도 없었기에 마을 사람들이 대신 장례를 치러줬다. 단출하면서도 장중했다. 사원의 활불께서도 직접 오셔서 조각공 노인을 제도하는 경을 읊어주었다.

그날 르싸네는 술도 마시지 않고 조각공 노인이 작업하던 돌무더기 속에서 무언가를 찾고 있었다. 그의 술친구 테엔젠도 술을 마시지 않았다. 테엔젠이 물었다.

"뭐 찾아?"

르싸네가 대답했다.

"아무것도 아니야."

이렇게 대답한 후 르싸네는 돌무더기 속에서 돌 하나를 집어 들어 자세히 살펴보았다. 그 모습을 본 테엔젠이 다시 물었다.

"그게 뭐야?"

"부탁드렸던 마니석인데 애석하게도 완성하지 못했어. 두 글자밖에 못 새겼어."

"뭐라고?"

"사실 내가 아니라 돌아가신 어머니께서 부탁하신 거야."

테엔젠이 다가와 르싸네의 얼굴과 손에 쥔 마니석을 번갈아 쳐다봤다. 그리고 물었다.

"그게 대체 무슨 말이야?"

르싸네는 한숨을 내쉬며 말했다.

"에이, 십여 일 전쯤에 어머니가 꿈에 나타나신 거야. 조각공 어르신께 가서 어머니를 위해 육자진언*을 새겨주십사 부탁하라고 시키셨어."

"아, 그랬구나. 근데 이젠 어쩔 수 없네. 이제 마니석을 조각할 수 있는 사람이 더는 없잖아."

"에잇, 사실 마니석은 어머니가 아니고 아버지를 위한 거야. 돌아가신 어머니가 몇 번이고 꿈에 나와서는 아버지가 자꾸 귀찮게 하신다는 거야. 아버지가 돌아가셨을 때, 라마들 모시고 며칠 경을 읊는 것도 안 해줘서 아버지가 크게 상심했다고 그러셨대. 당시엔 사정이 좋지 않아서 정말 슬프게도 법사를 할 수 없었는데, 지금 생각해보니 그게 마음에 걸린다고 하셨어. 그래서 조각공 어르신께 부탁해서 돌아가신 아버지를 위해 육자진언을 새겨달라고 말씀하신 거지."

테엔젠은 어리둥절한 표정으로 그를 보며 말했다.

"뭔가 복잡한 얘기네."

르싸네가 말했다.

---

* 관세음보살의 진언으로 '옴 마니 파드메 훔'을 말한다

"안 복잡해. 이게 다야. 하지만 완성하지 못했지."

테엔젠은 계속 어리둥절한 표정을 짓고 있었다.

그 당시 르싸네는 그를 신경 쓰지 않고 완성하지 못한 마니석을 옆에 있는 마니퇴 위에 올려놓았다.

르싸네는 바로 그 마니석을 바닥에서 집어 들었다. 기억이 조금 가물거리긴 하지만, 이 마니석을 마니퇴 위에 올려놓은 건 똑똑히 기억하는데, 어떻게 바닥에 떨어져 있는 건지 영문을 알 수 없었다. 아마 어떤 양물이꾼이 떨어뜨렸으리라 생각했다.

그는 마니석을 집어 들고 자세히 살펴봤다. 자신이 조각공 어르신께 부탁했던 마니석이 확실했다. 다만 마니석에는 한 글자가 더 새겨져 있었다. 육자진언의 세 번째 글자였다.

그는 마니석을 테엔젠에게 보여주면서 한 글자가 더 늘었다고 말했다.

테엔젠이 말했다.

"말도 안 돼!"

"너 기억 안 나? 그날 너도 여기에 두 글자만 있던 거 봤잖아. 지금은 세 글자가 됐어."

"보긴 했지만 몇 글자였는지는 기억 안 나."

"그땐 두 글자밖에 없었어. 지금은 세 글자고."

테엔젠이 믿을 수 없다는 눈빛으로 쳐다보자 르싸네는 또다시 맹세했다.

르싸네가 맹세하자 테엔진은 곧바로 그 말을 믿었고, 당황하는 기색으로 주변을 살펴보며 말했다.

"정말이야? 그게 사실이라면 좀 이상해."

르싸네는 조금 전 마니석을 주운 곳에서 돌을 조각하는 도구인 정을 찾아 테엔젠에게 보여주었다.

테엔젠은 더욱 진지하게 말했다.

"이거 완전 이상해."

르싸네와 테엔젠은 마니석을 들고 활불이 계신 사원으로 들어갔다.

활불은 작은 체구지만 탄탄한 몸에 인자하고 선한 모습이었다. 저 멀리서 두 사람이 정문으로 들어오는 모습을 보고는 말했다.

"두 분 술 끊으려고 오셨습니까?"

두 사람은 활불 앞으로 다가가 고두를 세 번 올리고는 아무 말도 꺼내지 못했다.

활불은 미소를 지으며 말했다.

"두 분이 한시도 술을 놓지 못하는 것을 잘 알고 있습니다. 후에 진짜 끊을 생각이 드시거든 그때 다시 오십시오."

르싸네는 두 손으로 마니석을 올렸다.

"저희는 그것 때문이 아니라 이걸 보여드리려고 왔습니다."

활불은 마니석을 들어 올리고는 신기하다는 듯 보더니 물었다.

"이게 뭔가요?"

테엔젠이 얼른 대답했다.

"린포체*여, 우리 마을에 기이한 일이 생겼습니다."

활불이 눈이 휘둥그레져 그를 쳐다봤다.

르싸네도 고개를 들어 활불의 얼굴을 바라봤다.

활불이 물었다.

"무슨 일입니까?"

르싸네는 얼른 고개를 숙이고 말을 이었다.

"간밤에 제가 술에 취해 집에 돌아가는 길에 누군가 마니석을 두드리는 소리를 들었습니다."

활불이 물었다.

"그리고요?"

르싸네가 말을 이었다.

"그리고 오늘 아침이죠. 오늘 아침에 이 일을 마을 사람들에게 말했더니 아무도 믿지 않는 겁니다. 제가 맹세까지 했는데도요."

"쉽게 맹세하는 건 좋지 않아요. 그건 죄를 짓는 겁니다."

"사람들이 믿게 하려고 맹세한 거예요. 평소에는 아무 때나 맹세하지 않습니다."

활불은 그의 얼굴을 쳐다보며 아무 말도 하지 않았다.

---

* 티베트 불교의 영적 지도자

르싸네의 친구 테엔젠도 활불의 얼굴을 쳐다보고 있었다.

활불이 테엔젠을 보며 물었다.

"간밤에 두 분이 같이 계셨습니까?"

테엔젠이 대답했다.

"네, 함께 있었습니다."

"그럼 그 소릴 들으셨습니까?"

"아니요. 전 아무 소리도 못 들었어요."

활불은 다시 르싸네를 쳐다봤다.

르싸네는 조금 억울하다는 표정을 지었다.

"제가 다시 맹세라도 할까요?"

활불은 고개를 저으며 뜻밖의 말을 했다.

"아니요. 제가 아무 때나 맹세하는 건 좋지 않다고 하지 않았습니까? 그리고는요?"

르싸네는 신이 나서 테엔젠에게 말했다.

"이것 봐. 활불께서 내 말을 믿기 시작했어."

테엔젠도 말했다.

"난 처음부터 믿었는걸."

활불은 테엔젠을 무시하고 계속 르싸네를 보며 말했다.

"맹세하지 않아도 된다는 게 믿는다는 말은 아닙니다. 어쨌든, 그리고요?"

르싸네가 말을 이었다.

"우리는 바로 마니퇴가 있는 곳으로 가서 이 돌을 찾았습니다."

테엔젠이 말했다.

"맞아요. 우리 둘이 같이 찾았어요. 근데 좀 이상한 거 같아요."

활불은 여전히 테엔젠의 말은 듣지 않고 계속 곁눈질로 르싸네의 얼굴을 훑어봤다.

르싸네는 그제야 정색하며 말했다.

"돌에 글자 하나가 늘었어요. 제가 분명히 기억하는데 조각공 어르신이 돌아가셨을 때 여기엔 두 글자밖에 없었거든요. 근데 지금은 세 글자가 되었어요. 정말이에요. 맹세해요!"

활불은 다시 돌을 자세히 살펴보더니 돌 위의 글자를 만져보았다.

르싸네와 테엔젠은 숨을 죽인 채 활불의 얼굴을 빤히 쳐다봤다.

활불이 말했다.

"그런 사연이 있었군요. 여기 새겨진 글자가 참으로 아름답습니다. 하나 이게 사실이라면 문제가 심각합니다."

르싸네와 테엔젠은 고개를 들어 활불을 쳐다봤다.

"이 노인은 무언가에 얽매여 구천을 떠돌며, 아직도 이 세상을 떠나지 못하고 있는 게 분명합니다."

르싸네와 테엔젠은 그림 속 인물처럼 눈도 깜박이지 않았다.

활불은 조금 실망한 듯 말했다.

"보아하니 내가 조각공 노인을 위해 했던 제도*는 큰 효과가 없었나 봅니다."

르싸네와 테엔젠은 여전히 그림 속 인물처럼 미동도 없었지만, 눈은 아주 빨리 깜박였다.

활불이 말을 이었다.

"얼른 다시 제도하지 않으면 안 됩니다. 만귀로 변해 마을에 큰 화라도 입히게 되면 그때는 문제가 정말 심각해집니다."

르싸네와 테엔젠은 다시 한 번 눈을 깜빡거리더니 입을 열었다.

"세상에, 이렇게 큰일인 줄은 전혀 몰랐어요."

활불은 심각하게 말했다.

"내일 꼭 라마들을 소집해 법사**하겠습니다. 노인을 잘 제도해야지요."

르싸네와 테엔젠이 말했다.

"린포체 말씀 따르겠습니다."

활불은 내일 법제도 할 때 사용해야 한다며 마니석을 놓고 가라고 했다. 르싸네는 조금 망설였지만 마니석을 그곳에 두고 왔다.

이날 르싸네는 술 한 모금 마실 시간도 없었다. 집에 돌아오

---

* 중생을 구제하여 열반의 언덕으로 건너게 함
** 불가에서 행하는 모든 일

자 아내가 깜짝 놀라 물었다.

"와, 웬일로 술 안 마셨어요? 오늘 해가 서쪽에서 뜬 건 아니죠?"

르싸네는 이 말에 대꾸하지 않고 오늘 있었던 일을 하나도 빠짐없이 말했다.

아내는 얘기를 다 듣더니 입이 떡 벌어져서는 "어머나!" 하고 소리를 질렀다.

아내가 저녁밥을 차려줬지만, 그는 생각이 없었다. 몸을 일으켜 대문 밖으로 나갔다.

달빛이 마치 어젯밤처럼 밝게 빛났다. 르싸네는 달을 올려다보고는 마니석이 있는 곳을 향해 귀를 쫑긋 세웠다. 한참을 귀 기울였지만 아무 소리도 들리지 않았다. 조금 이상하다는 생각이 들어 다시 집 안으로 돌아와 아내에게 말했다.

"이상하네, 오늘 저녁엔 왜 마니석 두드리는 소리가 안 들리지?"

아내가 말했다.

"어젯밤에도 안 들린 거 아니에요? 당신이 환청을 들었을 수도 있어요."

르싸네는 아내를 노려봤다.

"당신도 날 못 믿어? 너무하는군!"

말을 하고는 자리에 눕더니 바로 잠이 들었다. 금세 드르렁거리며 코 고는 소리가 들려왔다.

이튿날, 르싸네는 아침 일찍 잠에서 깼다.

아내가 아침을 차려줬지만 먹지 않고 활불을 보러 가야 한다고 말했다.

아내는 맑은 차를 한 잔 따라주었다. 그는 한 모금 마시더니 몸을 일으켜 외투를 걸치고 나갈 채비를 했다.

아내가 이렇게 일찍 뭐하러 활불을 만나러 가느냐고 물었더니, 그는 꿈을 꿨다고 대답했다. 아내가 무슨 꿈이냐고 다시 물어봤지만, 그는 듣지 못한 듯 그대로 나가버렸다.

르싸네는 혼자 아침 일찍 활불을 찾아갔다. 마침 불당에서 경을 읊고 있던 활불은 그가 들어오는 모습을 보고 잠시 멈췄다.

"또 어쩐 일로 오셨습니까?"

"린포체여, 제가 간밤에 꿈을 하나 꿨습니다."

"꿈이요? 어떤 꿈입니까?"

"꿈에 조각공 어르신이 나타나 제게 말씀하셨습니다. 그 마니석은 제 어머니가 하도 독촉을 해서 새긴 것이라고요. 어르신이 돌아가신 후에도 저희 어머니께서 끊임없이 찾아오는 바람에 편히 쉬지도 못해서 어쩔 수 없이 전부 완성하기로 약속하셨답니다. 그러시면서 라마를 불러 법제도를 하시는 걸 멈춰달라고 린포체께 부탁하라고 하셨습니다. 마니석에 글을 다 새기면 꼭 왕생하겠노라 말씀하셨어요."

활불은 이야기를 끝까지 귀 기울여 들었다.

"이 노인은 여전히 선량한 본성을 지닌 것 같습니다."

"네, 맞습니다. 그러니 라마를 불러 제도하는 걸 미뤄주세요."

"만일 노인이 만귀로 변해 마을에 해를 입히기라도 하면 그 때는 정말 처리하기 힘들어집니다."

르싸네는 웃으며 말했다.

"조각공 어르신도 활불께서 그렇게 말씀하실 거라고 예상하셨습니다."

활불은 눈을 크게 뜨며 그를 쳐다봤다.

"그래요? 그래서 뭐라고 하던가요?"

르싸네가 말했다.

"조각공 어르신께서 말씀하시길, 평생 수많은 마니석을 조각하면서 그렇게 많은 덕을 쌓았으니 이제 와서 어떻게 한다 한들 만귀로 변해 마을에 해를 입히지는 않을 거라고 하셨어요."

활불은 웃으며 말했다.

"이 노인은 죽어서도 오히려 큰소리군요!"

"그러니 라마를 불러 경을 읊지 말아주세요."

활불이 말했다.

"하나 라마는 진작에 불렀습니다. 지금쯤이면 벌써 마니퇴가 있는 곳으로 가고 있을 거예요."

"그러시면 절대 안 돼요. 만일 조각공 어르신이 자신의 염원을 이루지 못한다면 진짜 만귀로 변해 마을에 해를 입힐지도 모른다고요."

"그런 것은 제압할 수가 있으니 두렵지 않습니다만, 어쨌든 취지가 좋으니 사람을 보내 라마들을 돌려보내도록 하겠습니다."

"린포체여, 감사합니다. 정말 감사합니다!"

"그럼 조각공 노인에게 잘 새기라고 전해주세요. 시간 너무 오래 끌면 안 된다고 꼭 일러두시고요."

르싸네는 움직이지 않고 가만히 서서 웃으면서 활불을 쳐다봤다.

활불이 말했다.

"또 할 말이 있으십니까?"

르싸네가 말했다.

"여기에 있는 마니석은 제가 다시 마니퇴가 있는 곳에 갖다두겠습니다."

"아, 그렇군요. 가져다 드리겠습니다."

"조각공 어르신이 마니석을 원래 있던 마니퇴 쪽에 갖다 놓으라고 하셨어요. 그래야 조각할 수 있다고요."

활불은 웃으며 "노인네 거 참."이라고 말했다. 불당으로 들어가 한구석에 있는 마니석을 들고 나와 르싸네에게 건넸다.

"조각공 노인이 또 꿈에 나타나거든 서둘러 완성하라고 일러주십시오. 너무 지체하면 왕생할 수 없다고요."

르싸네는 웃으며 "꼭 그렇게 하겠습니다"라고 말하고는 마니석을 받아 들고 자리를 떴다.

르싸네와 테엔젠은 조심스럽게 마니석을 전날 있던 곳에 올려두었다. 르싸네가 주변을 살피더니 말했다.

"어르신, 마니석을 찾아 왔어요. 활불께 법사도 하지 마시라고 말씀드렸어요. 마니석 잘 새겨주세요. 아까 활불께 어르신 칭찬도 많이 했어요."

테엔젠은 알 수 없다는 표정으로 그를 쳐다보고는 다시 주변을 살폈다.

주변에는 소리 없이 누워 있는 마니석 말고는 아무것도 없었다. 양도 보이지 않았다.

갑자기 뭔가 생각난 듯 르싸네가 허공에 대고 외쳤다.

"에잇, 참! 어젯밤에는 왜 마니석 두드리는 소리가 안 들렸죠? 설마 게으름 피우는 건 아니시죠?"

주변이 텅 비어 있어 메아리도 울리지 않았다.

테엔젠은 의아한 듯 그의 얼굴을 쳐다보면서 말했다.

"너 어제는 좀 당황한 것처럼 보였는데, 어째 오늘은 뭔가 해결된 것 같은 표정이네?"

르싸네가 말했다.

"누가 마니석을 두드리는지 알았거든."

테엔젠은 이상한 생각에 물었다.

"그게 누군데?"

"바로 돌아가신 조각공 어르신이야."

테엔젠은 눈이 휘둥그레져서 말했다.

"왜 또 이상한 소리 하고 그래?"

"이상한 소리 하는 거 아니야. 조각공 어르신이 우리 어머니를 위해 육자진언을 새기고 있었대. 그게 바로 어제 우리가 주운 마니석이야."

테엔젠은 입이 떡 벌어진 채 그를 쳐다보며 아무 말도 하지 않았다.

르싸네는 그런 테엔젠을 툭 밀치며 말했다.

"가자, 할 일도 없는데 가서 술이나 마시자. 어제 하루 안 마셨더니 목구멍이 엄청 근질근질하네."

그 후 두 사람은 술을 마시러 갔다.

오후가 되자 그들은 잔뜩 취해 있었다.

르싸네가 쉬지 않고 딸꾹질을 하자 테엔젠이 웃으며 말했다.

"너 오늘 왜 그래? 고작 그거 마시고 이 꼴이 된 거야?"

르싸네는 그 말을 무시한 채 계속 딸꾹질을 해댔고, 술이 진득하게 취한 테엔젠은 계속 웃어댔다. 갑자기 르싸네가 딸꾹질을 멈추더니 이렇게 말했다.

"어르신께 좀 가봐야겠어."

"누구한테 간다고?"

"어르신이 한 분밖에 더 있어? 조각공 어르신 말이야."

테엔젠은 "요 며칠 귀신이라도 본 거야?"라고 말하고는 그를 흘겨보았다.

르싸네가 말했다.

"나 멀쩡하니까 그렇게 보지 마. 이따 어르신께 술 좀 가져다 드려야겠어. 어르신께서 살아생전에 약주를 좀 하셨거든."

테엔젠은 여전히 이상한 눈빛으로 쳐다보고 있었다. 르싸네 는 그런 테엔젠을 무시한 채 술 한 병을 들고 걷기 시작했다.

술이 잔뜩 취한 르싸네가 마니퇴 옆에 도착했다.

그는 시뻘게진 눈으로 주변을 살피더니 말했다.

"어르신, 작업 시작하셨어요? 왜 조각하는 소리가 안 들리죠?"

바람 부는 소리만 허공에 들려왔다.

조금 심심해진 르싸네는 마니석 옆에 누워 잠이 들었다.

조각공 노인이 르싸네 꿈속에 나타나 말했다.

"어젯밤 소리를 못 들었다고 했지? 마니석이 활불이 계신 불 당에 있는데 내가 어떻게 작업하겠느냐? 불당까지 가서 할 수 도 없고 안 그래? 그건 말이 안 되잖아."

르싸네가 말했다.

"네네, 그렇죠."

조각공 노인이 말했다.

"그리고 조금 전에 나한테 고래고래 소리를 지르면서 지금은 왜 마니석 두드리는 소리가 안 들리냐고 했지? 그건 말이야, 난 원래 대낮에는 나갈 수가 없어. 눈앞이 번쩍거려서 아무것도 안 보이거든. 저녁에 달빛이 비칠 때만 나갈 수 있지. 그땐 모든 것이 잘 보이거든."

그리고 또 다른 꿈을 꿨지만, 그 꿈은 기억나지 않았다.

잠에서 깬 르싸네는 조각공 어르신이 한 말을 곰곰이 되새겨 보았다. 꿈속 장면이 너무 생생해서 웃음이 터져 나왔다. 그는 얼른 자리에서 일어나 가지고 온 술을 마니퇴 위에 올려놓고는 허공에 소리를 질렀다.

"어르신께서 살아생전 술 좋아하셨다는 거 알아요. 그래서 술 한 병 가지고 왔어요. 피곤하고 지칠 때 한 모금 하세요. 정신이 좀 들 거예요."

그는 다시 주변을 살피고는 허공에 외쳤다.

"헤헤, 술 받으시니까 좋으시죠?"

그리곤 가만히 멈춰 있더니 다시 교활한 표정으로 말했다.

"그래도 어머니가 부탁하신 마니석 꼭 잘 새겨주세요. 돌아가시기 전에 비용도 이미 드렸잖아요!"

날이 저물자 르싸네는 집으로 돌아왔다. 잔뜩 취한 모습을 보더니 아내가 말했다.

"이런 꼴로 와야 내가 안심된다니까."

그리곤 양고기 국을 데워다 주었다. 르싸네는 몇 입 먹고는 잠이 들었다.

한밤중 갑자기 잠에서 깬 르싸네가 밖으로 뛰어나갔다.

바깥 달빛이 아주 좋았다. 달빛 아래 서서 유심히 귀 기울였지만 아무 소리도 들리지 않자 씩씩거리며 말했다.

"이 노인네, 또 게으름 피우고 있구만!"

그리고는 다시 집으로 들어와 잠을 청했다.

막 잠이 들자 조각공 노인이 꿈속에 나타났다. 노인은 술에 취한 듯 눈을 가느다랗게 뜨고 말했다.

"이 술고래 녀석, 누가 너더러 술 가져오라고 했냐. 네 녀석 때문에 오늘 밤에는 일도 제대로 못 했잖아. 달빛이 이렇게 좋은데 아까워 죽겠네."

르싸네도 화를 냈다.

"기껏 생각해서 가져다줬더니 뭐요! 누가 어르신이 이렇게 될 줄 알았습니까? 죽어서도 아직도 본인 주량을 모르세요?"

조각공 노인은 씩씩거리며 노발대발했다.

"무지막지한 네 어머니가 죽어라 매달리며 사정하지만 않았어도, 나도 이런 시기에 마니석이나 조각하고 있지 않았을 게다! 네 어머니는 어찌 그리도 뻔뻔한지. 내가 젊었을 적에 자기하고 한동안 잘 지냈다고 우겨대는데, 왜 나는 하나도 기억이 안 나지?"

"그래도 싸죠. 어르신이 젊었을 때 얼마나 여자들을 울리고 다니셨는지는 모르겠지만요!"

조각공 노인이 말투를 바꾸어 말했다.

"르싸네, 앞으로 술은 절대 주지 말아라. 난 주량이 약해서 몇 모금만 마셔도 금방 취하거든. 가끔은 술내만 맡아도 취하기도 해. 취하면 마니석 조각할 생각이 싹 가신단다. 그렇다고 안 하면 망할 네 엄마가 또 나를 쪼아대지 않겠니? 난 여자들이 말로 몰아붙일 때가 제일 짜증 난단 말이야. 르싸네야, 내일 이왕이면 쑤요차를 준비해다오. 그리고 날카로운 정도 하나 준비해주고. 이걸 다 끝내야 나도 진짜 떠날 수 있겠지. 안 떠나면 린포체 그 옹졸한 양반도 마음 못 놓을 거고. 아 참, 내일 와서 내가 먹다 남은 술도 꼭 가지고 가렴. 그래야 술 냄새를 못 맡지. 어찌나 향기로운지 자꾸 날 유혹한다니까."

"알았어요. 말씀하신 대로 할게요."

"정말 착한 아이구나. 나한테도 너 같은 아들이 하나 있었으면 정말 좋았을 텐데 말이다. 한 번은 네 엄마가 나한테 네가 내 아들일지도 모른다고 했었지. 만약 내 아들이었으면 마니석 조각하는 기술을 전부 네게 전수해줬을 게야. 근데 나중에 자세히 관찰해보니 너는 술고래인 네 아버지랑 어쩜 그리 똑같은지. 그걸 보고 네가 내 아들일 리가 없다고 확신했단다."

르싸네는 버럭 화를 냈다.

"이 노인네가 갑자기 무슨 해괴망측한 소릴 하는 거예요?"

"미안하구나. 이런 생각 하면 안 되는데 말이다. 근데 이 말은 처음 꺼낸 거야. 살아생전 그 누구한테도 말한 적 없어."

르싸네는 여전히 잔뜩 화가 났다.

"제가 진짜 어르신 아들이라고 해도 그 기술은 안 배웠을 거예요. 전 술 마시는 게 좋지 조각은 싫어요."

조각공 노인이 말했다.

"알았다. 알았어. 이 얘기는 그만하자꾸나. 말해봤자 별 의미도 없단다. 사실 오늘 밤에 작업을 조금 했는데 잘 안 된 거 같아. 내가 술을 마시면 손을 좀 떨거든."

"거짓말하지 마세요. 전 마니석 두드리는 소리 못 들었는데요?"

"아마 그때 너 자고 있었을 거야. 내일 가보면 알 거다."

이른 아침 르싸네는 간밤에 꾼 꿈 얘기를 아내에게 들려주었다.

아내는 이야기를 가만히 듣더니 미소를 지으며 말했다.

"알았어요. 쑤요차를 준비할 테니 얼른 가져가요."

르싸네는 마니퇴로 가는 길에 철공소에 들려 대장장이 도제多杰에게 끝이 날카로운 정을 하나 만들어 달라고 했다.

"어디에 쓰려고요?"

"마니석 조각할 때 쓰려고요."

"조각공 어르신도 돌아가셨는데 누가 조각해요?"

"쓸 데가 있어요."

도제는 가만히 그를 쳐다봤다. 르싸네가 말했다.

"얼마예요?"

도제는 일부러 평소보다 비싸게 불렀지만, 르싸네는 아무런 말 없이 돈을 지불하고 발길을 돌렸다.

마니퇴 옆에서 르싸네는 찻주전자를 들어 올린 후 허공에 대고 말했다.

"보이시죠? 말씀하신 쑤요차 가지고 왔어요."

잠시 가만히 들고 있다가 다시 바닥에 내려놓았다.

이번에는 정을 들어 올린 후 또 허공에 대고 말했다.

"보세요. 정도 가지고 왔어요. 방금 철공소 가서 만들어 왔어요. 엄청 날카로우니까 손가락 안 찔리게 조심하세요."

그러고 나서 두리번거리며 주변을 살폈다. 마니퇴 위에 있는 술병이 눈에 들어왔다. 르싸네는 그쪽으로 걸어가서 술병을 집어 들어 흔들면서 말했다.

"고작 이거 마시고 그렇게 취하신 거예요? 진짜 술 약하시네요."

그는 술병을 열었다.

"죽은 사람이 먹다 남은 술은 어떨지 맛 좀 볼까?"

그리고는 술을 벌컥벌컥 들이부었다.

그는 눈을 감은 채 한참 동안 아무 말도 하지 않았다. 그러다 갑자기 눈을 번쩍 뜨더니 말했다.

"와, 맛이 정말 기가 막히네!"

그는 또 연거푸 몇 모금 들이켰다.

그러더니 갑자기 뭔가 떠올랐는지 바닥에 주저앉아 그 마니석을 주워 들고는 자세히 살펴보았다. 마니석에는 육자진언의

네 번째 글자가 새겨져 있었다. 하지만 별로 예쁘지는 않았다. 르싸네는 바로 허공에 대고 큰 소리로 욕을 퍼부었다.

"이 노인네가! 일하긴 했네요. 근데 이것 좀 보세요. 이렇게 새기면 어떡해요? 전혀 예쁘지 않잖아요! 계속 이런 식으로 하면 어머니가 아니라 저도 싫다고 할 거예요! 제가 생전에 비용 전부 드린 거 잊으시면 안 돼요!"

주변은 조용할 뿐 아무런 소리도 들리지 않았다.

르싸네는 입으로 계속 "좋은 술이야"라고 연발하며 계속 마셨고 결국 술병을 깨끗이 비웠다. 그리고 취해버렸다.

그날 저녁, 술에 취한 르싸네는 어떻게 집에 왔는지 생각이 나지 않았다. 하지만, 집에 눕자마자 누군가 문을 세차게 두드렸다. 그는 어쩔 수 없이 일어나 투덜거리며 문을 열었다. 문 앞에는 테엔젠이 있었다. 테엔젠은 살짝 취했지만 잔뜩 흥분한 듯이 말했다.

"나도 들었어! 누군가 마니석을 두드리는 소리를 들었다고!"

르싸네는 그를 잠시 흘겨보고 나서야 입을 열었다.

"정말 들었어?"

"진짜 들었다니까! 맹세할 수 있어. 집에 가는데 달빛 아래에서 똑똑히 들었다고!"

"맹세는 됐어. 들었다는 얘기 난 믿어."

테엔젠은 르싸네를 쳐다보며 말했다.

"사실 나도 네 말을 처음부터 완전히 믿지는 못했어."

르싸네는 테엔젠을 보며 웃었다. 테엔젠도 르싸네를 보며 웃었다.

르싸네가 말했다.

"오늘은 그만 집에 가. 내일 아침에 마니퇴가 있는 곳에서 만나자."

다음 날 아침 일찍 르싸네와 테엔젠은 약속도 하지 않았지만 놀랍게도 둘 다 같은 시간에 마니퇴 옆에 도착했다. 르싸네는 마니석을 들어 올려 살펴보기 시작했다. 잠시 보더니 바로 허공에 대고 말했다.

"어르신, 술 안 드시니까 얼마나 좋아요. 다섯 번째 글자까지 새기셨네요. 엄청 예쁘게 됐어요."

테엔젠이 마니석을 보더니 깜짝 놀라 말했다.

"이렇게 정교한 건 처음 봐. 평범한 사람은 절대 이런 비범한 글자는 못 새길걸. 설령 조각공 어르신이 살아계셨어도 이렇게는 못 했을 거야."

르싸네가 테엔젠에게 말했다.

"너 이런 것까지 볼 줄 알아? 정말 의외네."

"날 우습게 보면 안 되지. 이래 봬도 학교까지 다닌 몸이라고. 넌 학교 다녔어?"

두 사람이 한참 옥신각신 실랑이를 하고 있을 때, 저 멀리서 많은 사람이 오는 모습이 보였다. 전부 마을 사람들이었다. 그들은 제각기 손에 뭔가를 들고 있었다. 제일 앞서 걸어온 사람은 염소수염 노인이었다.

사람들이 가까이 다가오자 르싸네는 염소수염 노인에게 물었다.

"여긴 웬일로 오셨어요?"

염소수염 노인는 전과는 사뭇 다르게 아주 겸손한 말투로 말했다.

"술고래야. 아, 아니지. 르싸네야, 넌 정말 거짓말을 하지 않았더구나. 우리도 어제 누군가 마니석을 두드리는 소리를 똑똑히 들었단다. 불연*이 깊은 사람이 제일 먼저 그런 소리를 들을 수 있다고 린포체께서 말씀하셨는데, 네가 공덕을 아주 많이 쌓은 모양이야."

르싸네는 사람들을 보며 말했다.

"누가 내 말 믿지 말래요?"

다들 입을 모아 말했다.

"믿어, 믿는다고. 이젠 완전히 믿는다니까."

르싸네는 사람들이 들고 온 것들을 보며 물었다.

"다들 뭘 가지고 오셨어요?"

염소수염 노인이 말했다.

"별거 아니고 공양품이네. 먹거리와 마실 거리야. 다들 조각

---

* 중생이 불교나 부처와 맺은 인연

공 어르신께 성의 표시를 하고 싶어서 말이야."

르싸네가 말했다.

"연로한 노인 혼자 이 많은 걸 어떻게 다 먹어요?"

염소수염 노인은 간절히 부탁하듯 말했다.

"린포체께서 망혼이 마니석을 새기는 일은 천재일우의 기회라고 하시더군. 우리도 이참에 덕 좀 보세나. 공덕 좀 쌓게 해주게."

르싸네가 뭐라 말하기도 전에 사람들은 벌써 마니퇴 쪽으로 몰려갔다. 마을 사람들은 가져온 음식들을 마니퇴 위에 올려놓고 허공을 보면서 말을 했다. 조각공 어르신 맛있게 드시라, 우리를 잘 보우해달라는 그런 말들이었다.

사람들은 마니퇴 주변을 에워싸고 앉아서 육자진언을 읊으며 그곳을 떠나지 않았다.

오후 남짓부터 르싸네는 친구들과 술을 마시기 시작했고 저녁이 되어서야 잔뜩 취해서 집으로 돌아갔다. 돌아가는 길에 몇몇이 마니석 두드리는 소리를 들었다고 말했다.

르싸네는 집에 가자마자 바로 자리에 누웠다. 막 잠이 들었을 때, 조각공 노인이 꿈에 나타나 노발대발하며 말했다.

"이 술고래 녀석아, 먹을 걸 잔뜩 가져오게 내버려두면 어쩌느냐. 너무 배가 불러서 더는 일을 할 수가 없잖아. 넌 대체 내가 일을 끝내기를 바라는 게야, 아닌 게야?"

르싸네도 같이 화를 내며 말했다.

"제 잘못이 아니잖아요. 다들 어르신을 공경하는 뜻에서 스스로 가져다 드린 거예요."

"물론 좋은 마음이란 건 나도 안다. 그렇지만 너무 많이 먹으면 몸을 움직일 수가 없잖아. 손 까딱하는 것도 귀찮다니까. 조각은커녕 잠만 자고 싶어진단다."

르싸네는 비아냥거리며 말했다.

"누가 그렇게 많이 드시래요? 죽어서도 입 하나 단속 못 하세요?"

조각공 노인이 말했다.

"그만 비웃거라. 나도 얼른 끝내놓고 길을 떠나야 한단 말이다."

르싸네는 웃으며 물었다.

"그럼 말씀해보세요. 어떻게 도와드릴까요?"

"마니퇴 위에 먹거리를 갖다 놓지 못하도록 길을 막아다오. 내일 저녁에 마지막 한 글자만 새기면 이제 만사형통이지!"

이튿날 르싸네와 테엔젠은 마니퇴로 가는 길목을 막아서서 사람들이 더는 음식을 나르지 못하게 했다. 그러면서 가져다줘 봤자 조각공 어르신께 좋을 것이 하나 없으며 오히려 해를 입히는 꼴이라고 말했다.

어째서 그렇냐는 사람들의 물음에 르싸네는 어르신이 너무 배불리 드신 탓에 마니석을 조각하기 힘들어하신다고 대답했다.

사람들은 웃으며 그런 일이 있을 수 있냐면서 믿지 않았다.

르싸네가 말했다.

"어젯밤에 마니석 두드리는 소리를 들은 사람 있어요?"

다들 서로를 쳐다보더니 하나같이 고개를 가로저었다.

르싸네가 말했다.

"어제 여러분이 먹을 거며, 마실 거며 잔뜩 가져오는 바람에 조각공 어르신이 잔뜩 먹고 너무 배불러서 조각을 못 해서 그래요."

사람들은 반신반의하면서도 가져온 음식을 들고 다시 발걸음을 돌렸다. 되돌아가면서도 자신들을 보우해달라는 말을 어르신께 꼭 전해달라며 신신당부했다.

저녁이 되자, 어른이나 아이 할 것 없이 마을 사람들 모두 마니석을 두드리는 소리를 들을 수 있었다. 그들은 마치 가사 없는 민요를 듣는 것처럼 가만히 그 소리를 듣고 있었다.

이튿날 르싸네는 마니퇴까지 뛰어가 바닥에서 마니석을 주워들었다. 마니석에는 육자진언이 완벽하게 새겨져 있었다.

수많은 사람이 모여들었다. 마니석은 손에서 손으로 옮겨졌고, 다들 와와 거리면서 신기해하며 범상치 않은 조각공 노인의 솜씨에 감탄을 금치 못했다.

인파 속에는 활불도 있었다. 그는 마니석을 받아 들고는 한참 동안 쳐다보더니 천천히 입을 열었다.

"지금껏 이렇게 아름다운 육자진언은 본 적이 없습니다."

르싸네가 활불 앞으로 다가갔다.

"이제 저도 안심입니다. 저희 어머니도 이제 아버지 뵐 면목이 생기셨을 거고, 조각공 어르신도 이제 안심하고 길을 떠나실 수 있을 거예요."

활불이 말했다.

"당신 어머니와 아버지는 참으로 복 받으신 분입니다."

활불의 말을 들은 르싸네는 매우 흡족해하며 사람들을 처다보며 웃었다.

활불은 르싸네를 한쪽으로 불러내더니 의미심장하게 말했다.

"상의드릴 일이 있습니다."

활불이 누군가에게 이 정도로 격식을 차리는 것을 르싸네는 단 한 번도 본 적이 없었다. 이런 태도에 조금 긴장됐지만 그래도 차분하게 대답했다.

"린포체여, 무슨 일이신지 말씀하십시오."

활불이 말했다.

"조각공 노인께 부탁을 드리고 싶습니다. 우리 사원을 위해 육자진언을 새겨주시면 향후 우리 사원의 보물의 될 것이 분명합니다."

"그거 좋은 생각이네요. 린포체께서 그렇게 말씀하시면 조각공 어르신도 기꺼이 응하실 겁니다."

활불은 난색을 보이며 말했다.

"하나 조각공 노인은 내 꿈에는 통 나타나지 않습니다. 나타났다면 진작에 잘 말했을 텐데요."

르싸네가 말했다.

"활불께서 법사해서 노인을 제도한다고 말한 적이 있어 무서워서 안 나타나나 봐요."

활불이 웃으며 말했다.

"그래서 도움을 청하는 것입니다. 혹시 또 꿈에 나타나면 내 뜻을 전달해주세요."

르싸네는 잠시 생각하더니 대답했다.

"알았어요. 오늘 저녁에 말씀드릴게요."

밤이 되자, 아니나 다를까 조각공 노인이 르싸네의 꿈에 나타났다.

조각공 노인은 입을 열자마자 이렇게 말했다.

"활불께서 하신 말씀 나도 다 들었다. 하지만 난 지금 기운이 하나도 없어서 육자진언은 더는 새길 수 없을 것 같다. 온몸이 나른해져서 기운이 다 빠졌단다."

르싸네가 말했다.

"하지만 활불께서 청하신 일인걸요."

조각공 노인은 어쩔 수 없다는 표정으로 굳은살이 잔뜩 박힌 자신의 손바닥을 바라보았다. 어느 곳은 심지어 긁혀 찢어져 있었다.

이때 어디에선가 르싸네의 어머니가 나타나 조각공 노인에게 말했다.

"고마워요. 정말 고마워요. 나 때문에 애 많이 썼어요."

조각공 노인은 눈을 부릅뜨고 그녀를 보며 말했다.

"앞으로 날 괴롭히지 않는다면 그걸로 아미타불이지!"

르싸네 어머니는 말했다.

"안 그럴 테니 걱정 말아요."

조각공 노인은 그녀를 쳐다보더니 말했다.

"이 여편네야, 다 당신 때문이야. 활불께서 사원을 위해 마니석을 하나 새겨주시길 바라시는 거 알지? 나도 해드리고 싶은 마음이 굴뚝같은 데 정말 힘이 하나도 없어. 내 팔 하나도 들지 못할 정도라니까."

이 말을 들은 르싸네의 어머니가 조각공 노인에게 말했다.

"이번에 새긴 마니석을 우리가 가지고 갈 수도 없잖아요. 원래 덕을 쌓고 개인적인 염원을 이루기 위한 거였는데 이미 염원은 이루어졌으니, 나랑 내 그 술주정뱅이 남편이랑 당신 이름으로 사원에 헌납해서 보물로 삼아요. 이러면 공덕이 더욱 커지지 않겠어요?"

다음 날 르싸네는 육자진언이 새겨진 마니석을 활불께 건넸다.

활불은 너무 기뻐 입을 다물지 못했다. 마니석을 받아 들고 한참 동안 이리저리 살펴보더니 입을 열었다.

"우리가 조각공 노인을 잘 제도하겠습니다."

이튿날 활불은 근처 사원에서 라마 일곱 분을 초청해 칠일 밤낮 동안 대대적으로 경을 읊었다.

조각공 노인은 다시는 르싸네의 꿈에 나타나지 않았다.

가끔 달이 아주 크고 아주 둥글고 유달리 밝게 빛나는 어두운 밤에, 르싸네가 술에 취해 집으로 돌아올 때면, 이따금 저 멀리서 누군가 마니석을 두드리는 소리를 들을 수 있었다. 가사 없는 민요처럼 고요한 울림이었다.

낯선 사람

구나에디크가 가버린 후, 낯선 사람이 내게 물었다.
"여기가 '스물한 분 타라보살' 고향이라는 거
정말 몰랐어요?"
나는 대답했다.
"내가 모르는 게 아니라 여기에 그렇게 많은 돌마가
없어요. 여기 사람 전부 불러봐야 백 명도 안 돼요."

내가 사는 이곳은 백 명도 채 살지 않는 아주 작은 마을이다. 어느 집에 무슨 일이 생겨도 5분이면 온 마을이 알게 된다.

　마을 입구에서 끝까지 걸어가도 불과 10분밖에 걸리지 않는다. 실컷 기대하고 잔뜩 신이 나 이곳으로 여행 온 사람들도 10분이면 큰 실망을 하고 돌아가게 된다.

　하지만 언젠가 결국에는 낯선 사람들이 이곳에 오게 될 것이다.

　그날 이곳에 낯선 사람 한 명이 왔다.

　낯선 사람이 마을에 등장하는 걸 제일 먼저 알게 되는 건 바로 우리다. 우리처럼 하는 일 없이 한가한 젊은 사람들은 거의 매일 마을 중앙에 있는 작은 매점에 모여 논다. 매점에 파는 싸구려 술로 매일 고주망태가 될 때까지 마시다가 하늘 높이 떠 있던 태양이 자취를 감추면 그제야 비틀거리며 각자 집으로 돌아간다.

　그날 오전 매점에 나타난 사람은 오직 나 하나뿐이었다. 조금 의아한 생각에 30분이나 그곳에서 기다렸지만 어느 누구도 나타나지 않았다. 매점에는 여자 판매원이 한 명 있는데, 이름은 돌마卓瑪다. 나와 비슷한 또래인 돌마는 우리 마을 어떤 여자보다도 훨씬 아름다웠다. 아마도 자신이 예쁘다는 걸 알기 때문인지 우리를 잘 상대하지 않았다. 우리 마을 사람은 아니고 촌장님이 데려온 사람이다. 촌장님이 매점을 열면서 당신은 셈을 잘 못한다며 그녀를 고용했다. 촌장님은 그녀가 주판을 아주 잘 다룬다고 했지만 주판은 계속 계산대 위에 놓여 있을 뿐, 지금껏 단 한 번도 그녀가 주판을 쓰는 걸 본 적이 없다. 몇몇 사람들은 그녀가 오래 버티지 못하고 여기를 떠날 거라고 했다.

　나는 자꾸 술을 마시다 보니 중독이라도 되었는지 매일 이 시각에 술을 입에 털어 넣지 않으면 그렇게 불안할 수가 없었다. 일부러 윗옷 주머니를 만져봤지만 결과는 실망스러웠다. 사실 주머니에 손을 갖다 댈 때부터 크게 실망할 것을 알고 있었다. 어제부터 주머니 속에 돈은커녕 먼지만 가득했기 때문이다. 그저 누군가 나타나 술을 사주기만을 기다릴 수밖에 없었다.

　태양이 하늘 높이 떠오르자 따뜻한 햇볕이 쨍쨍 내리쬤다. 나는 겉옷을 벗어 매점 근처에 있는 비딱하게 휘어진 나무 위에 걸어두었다. 나무에는 내 옷 말고도 하다*가 많이 매여 있었는데 이곳 사람들이 그 나무를 신성한 나무라고 믿기 때문이다. 나무는 잔뜩 풀이 죽은 모습이었다. 아마도 그런 일부 사람들의 끊임없는 기도로 잔뜩 피곤했을 것이다.

겉옷을 벗고 있으니 조금 용기가 생긴 것 같아 매점 안으로 들어갔다. 판매원 돌마는 해바라기씨를 까 먹고 있었다. 씨껍질을 계산대 앞에다 뱉었는지 시멘트 바닥이 온통 해바라기씨 껍질로 가득했다.

미소를 한껏 머금고 그녀를 바라봤지만 그녀는 해바라기씨만 계속 먹을 뿐 나를 상대하지 않았다.

나는 웃으며 그녀에게 말했다.

"술 한 병만 외상으로 주면 안 될까요? 돈은 내일 바로 갖다드릴게요."

그녀는 내 쪽으로 눈길 한 번 주지 않았다. 해바라기씨를 뱉던 입에서 한 단어가 같이 튀어나왔다.

"안 돼요."

나는 잠시 그녀를 보다가 바로 매점을 나왔다.

태양이 더 높이 걸렸지만 여전히 아무도 나오지 않았다. 삐딱하게 휘어진 나무만 홀로 외로이 그곳에 서 있었다. 뜨겁게 내리쬐는 햇볕에 축 늘어진 것 같았다.

---

* 극진한 경의와 축원을 표시할 때 사용하는 가늘고 긴 비단

나무 아래 망가진 통이 있기에 얼른 그것을 들고 멀지 않은 곳에 있는 우물가로 갔다.

이 우물은 우리 마을의 두 번째 우물이다. 첫 번째 우물에는 한 아이가 빠져 죽었다. 사람들은 아예 우물을 메워버리고 마을 사원에서 라마*를 모셔와 며칠 동안 경을 읊었다. 하지만 누군가 아이의 망령이 우물 근처에서 배회하고 있다고 말한 후로는 저녁이 되면 대부분의 사람이 우물 근처에 얼씬도 하지 않았다. 나는 가끔 술에 잔뜩 취해 그곳을 지나곤 했는데 그때마다 등골이 오싹한 느낌이 들었다.

나는 우물에서 물을 길었다. 두레박을 끌어올리자 두레박 안에서 청개구리 한 마리가 개굴개굴 울고 있었다. 이곳 사람들은 청개구리가 용의 자손이라고 믿었기 때문에 경외심을 갖고 있다. 청개구리가 나를 보고 있는 것 같았다. 툭 튀어나온 눈이 약간 도발적이었다. 우리는 잠깐 서로를 노려보았지만 결국 기분을 맞춰주겠다는 듯 웃으며 두레박에 담긴 물을 다시 우물 안으로 쏟아버렸다. 우물 안에서 청개구리의 울음소리가 울려 퍼졌다. 개굴개굴 소리가 잦아들자 나는 다시 물을 길었다. 이번에는 두레박 안에 청개구리가 없었다. 운이 좋다고 생각하면서 물을 망가진 통 안으로 쏟아부었다. 망가진 통에서 물이 새기 시작하는 걸 보고는 얼른 물통을 집어 들고 삐딱하게 휘어진

---

* 티베트 불교인 라마교의 고승

나무를 향해 뛰었다.

삐딱하게 휘어진 나무에 도착했을 때 통 안에 물은 반밖에 남아 있지 않았다. 나는 남은 물을 전부 나무에 뿌리고 나무를 바라봤다. 순간 눈앞에서 나무가 생기를 되찾았고, 나뭇잎이 햇빛에 반사되어 반짝반짝 빛났다.

커다란 구름이 태양을 가려버렸는지 삐딱하게 휘어진 나무 위로 그림자가 드리워졌다. 이때 뒤쪽에서 바스락거리는 소리가 들렸다.

돌아보자 한 사람이 매점을 향해 걷는 모습이 시야에 들어왔다. 단번에 낯선 사람이라는 걸 알았다.

나는 일어서지 않고 쪼그리고 앉아 그가 다가오기를 기다렸다.

태양이 다시 비추자 그의 얼굴이 제대로 보였다. 서른 살 정도 되어 보이는 낯선 사람은 얼굴에 피곤함과 슬픔이 가득했다.

그는 매점 입구에서 멈춰 섰다. 내게 말을 걸 거라고 생각했지만 그는 말을 걸지 않았다.

그는 윗옷 주머니에서 담배를 꺼내더니 한 개비를 입에 물었다.

나는 그를 쳐다보다가 몸을 일으켜 그쪽으로 걸어갔다.

그는 나에게 담배 한 개비를 건넸다.

"한 대 피워요."

난 사양하지 않았다. 바지 주머니에 라이터가 있는 걸 떠올리곤 얼른 꺼내 직접 불을 붙였다.

그는 담배만 피울 뿐 말이 없었다.

담배를 절반 정도 피우고 나서 나는 결국 참지 못하고 입을 열었다.

"어디에서 왔어요?

"넓은 곳에서 왔죠."

"아, 알겠네요. 대도시에서 왔군요."

그는 말없이 계속 담배만 피웠다.

좀 이상한 사람이란 생각이 들어 먼저 질문을 했다.

"이름이 뭐예요?"

그의 대답은 의외였다.

"내 이름은 중요하지 않아요. 난 사람을 찾으러 왔어요."

나는 그를 자세히 보았다.

"누구를 찾는데요?"

"어떤 여자요."

"동네가 작아서 여자가 몇 없어요."

"돌마라는 여자를 찾고 있어요."

나는 매점에서 일하는 판매원 돌마가 바로 떠올랐다.

"아, 저 알아요. 따라오세요."

나는 판매원 돌마에게 다가갔다. 아직도 해바라기씨를 먹고 있는지 주위에 껍질이 가득했다. 계산대 위에도 온통 해바라기씨 껍질이 널려 있었다.

"이 사람이 당신을 찾아왔대요."

돌마는 행동을 멈추더니 이상한 눈으로 쳐다봤다.

고개를 돌려보니 낯선 사람은 이미 밖으로 나가고 없었다.

나는 얼른 뒤쫓아 갔다.

"저 사람이 돌마예요. 돌마를 찾는 거 아니었어요?"

매점 바깥으로 나온 낯선 사람은 햇볕이 내리쬐는 곳에 서서 말했다.

"내가 찾는 사람이 아니에요."

"저 여자도 외지 사람이에요."

"그녀는 아니에요."

"그럼 이곳엔 당신이 찾는 여잔 없겠네요."

"이곳에 스물한 명의 돌마가 있다는 걸 알아요. 그중에 내가 찾는 여자가 있을 거예요."

나는 웃었다.

"설마 불경에 나오는 '스물한 분 타라보살*'을 말하는 거예요? 그건 불경에나 나오는 말이죠. 여기에 어떻게 그 많은 돌마가 있겠어요."

"어떤 책을 보니까 여기가 바로 불경에서 말하는 '스물한 분 타라보살' 고향이라고 했어요."

---

* 티베트 불교의 대표적인 여자 보살로 티베트어로 '돌마'라고 한다.

"하하, '스물한 분 타라보살' 고향이 이렇게 이상한 곳이라는 얘긴 난생처음 듣네요."

"틀림없어요. 책에 그렇게 적혀 있었어요."

나는 눈을 감고 잔뜩 거드름을 피우며 염하기 시작했다.

"옴! 존귀하고 성스러운 타라보살님께 지극한 마음으로 예경하나이다. 눈이 찰나의 번갯빛처럼 빠르고 용맹하게 중생을 구제하시는 타라보살님. 삼계의 보호주이시고 눈물의 바다이신 관세음보살 두 눈에서 화현하신 타라보살님. 백 개의 가을밤 보름달을 겹쳐 놓은 듯한 얼굴의 타라보살님. 천 개의 별빛을 모아놓은 것보다 더 수승하고 찬란히 빛나시는 타라보살님…."

낯선 사람이 말했다.

"'스물한 분 타라보살 예찬문'을 전부 외웠네요."

나는 눈을 크게 뜨며 말했다.

"별거 아니에요. 이곳에 사는 사람은 전부 외워요."

그는 엄지손가락을 치켜세웠다.

"난 오래 연습했는데도 못 외우겠더라고요."

나는 다시 눈을 감고 더 큰소리로 염하기 시작했다.

이때 할 일 없는 또 다른 청년이 등장했다. 구나에디크次多다. 나와 마찬가지로 주머니 사정이 안 좋은 청년이다.

그가 말했다.

"왜 '타라보살 예찬문'을 읊고 있어? 웬 허세야?"

"이분한테 들려주고 있었어."

그는 이제야 발견했다는 듯 낯선 사람을 보며 물었다.

"누구셔?"

"대도시에서 오셨대. 자기 여자를 찾고 있는데 이름이 돌마래."

"돌마? 혹시 우리 여동생을 찾아왔나?"

"그렇지. 네 여동생 이름도 돌마인데 왜 그 생각을 못했지?"

"걔도 이제 엄연한 숙녀인데 왜 생각을 못 했어? 걔도 대도시에 갔었잖아."

"그럼 얼른 데리고 와. 내가 이분하고 여기에 있을게."

구나에디크는 우물 옆으로 뛰어갔다.

구나에디크가 가버린 후, 낯선 사람이 내게 물었다.

"여기가 '스물한 분 타라보살' 고향이라는 거 정말 몰랐어요?"

나는 대답했다.

"내가 모르는 게 아니라 여기에 그렇게 많은 돌마가 없어요. 여기 사람 전부 불러봐야 백 명도 안 돼요."

그는 나를 보며 그저 웃기만 했다.

구나에디크가 재빨리 여동생을 데리고 나타났다.

구나에디크와 여동생은 우리와 몇 걸음 떨어진 곳에 멈춰 섰다. 구나에디크가 손가락으로 낯선 사람을 가리키며 여동생에게 물었다.

"저 남자 알아?"

구나에디크의 여동생이 대답했다.

"내가 대도시에서 일할 때 자기한테 시집오라는 남자가 한둘이 아니긴 했어. 근데 저 사람도 그중 하나인지는 정확히 모르겠네."

구나에디크가 말했다.

"혹시 아는 사람인지 다시 한 번 제대로 봐봐."

구나에디크의 여동생은 낯선 사람을 자세히 살펴보았다.

낯선 사람이 그녀를 보며 말했다.

"내가 찾는 돌마가 아니에요."

돌마의 오빠는 조금 실망했다.

돌마도 조금 실망했는지 낯선 사람을 쳐다보며 말했다.

"잘 생각해봐요. 정말 나한테 시집오라고 말한 적 없어요?"

낯선 사람이 말했다.

"맹세코 당신에게 그런 말을 하지 않았어요."

이때 나는 더욱 술이 당겨 일부러 구나에디크에게 말했다.

"돈 있어? 술 좀 사 와."

"없어."

"너 돈 없는 거 나도 알아. 일부러 물어본 거야."

구나에디크는 창피하지도 않은지 자신의 여동생에게 말했다.

"돌마, 술 좀 사줘."

돌마는 낯선 사람을 보며 말했다.

"대도시에서 온 사람 있잖아. 그 사람한테 사달라고 해."

구나에디크는 말했다.

"저기요. 술 좀 사주세요."

낯선 사람이 말했다.

"이렇게 하죠. 여러분이 돌마를 데려올 때마다 백 위안을 줄 게요. 그 돈으로 사 먹어요."

구나에디크는 신이 나서 낯선 사람에게 말했다.

"그 말 책임질 수 있어요?"

"물론이죠."

그래도 구나에디크는 조금 의심스러운 듯 그를 쳐다보았다.

낯선 사람은 주머니에서 백 위안짜리 돈다발을 꺼내더니 흔 들며 말했다.

"돈 없다고 의심하는 거예요?"

이때 내 머릿속에서 뭔가 번쩍였다.

"아까 내가 돌마 찾았잖아요. 그 말 책임진다면서요. 얼른 백 위안 줘요."

낯선 사람은 전혀 망설이지 않고 지폐 한 장을 빼서 나에게 주었다.

구나에디크도 사태를 파악했는지 얼른 말했다.

"나도 아까 돌마를 찾아줬잖아요."

낯선 사람은 또 백 위안짜리를 구나에디크에게 건넸다.

구나에디크의 여동생이 말했다.

"돌마를 데려오면 나한테도 백 위안 줄 거예요?"

"물론이죠. 데려오는 사람한텐 다 줄 거예요."

구나에디크의 여동생이 서둘러 자리를 떴다.

나는 구나에디크에게 말했다.

"이거 수입이 꽤 짭짤한데? 스물한 명을 다 찾으면 이천백 위안이나 벌 수 있는 거잖아."

구나에디크가 대답했다.

"일단 술을 마시자."

나도 동의했다.

"그래. 일단 술 좀 마시고 다시 얘기하자."

나와 구나에디크는 가게로 들어갔다.

판매원 돌마가 해바라기씨를 다 먹었는지 아까와 달리 바닥과 계산대가 깨끗했다.

나는 그녀에게 눈길도 주지 않은 채 말했다.

"술 줘요."

판매원 돌마는 눈을 흘기며 말했다.

"돈 있어요?"

나는 백 위안짜리 지폐를 계산대에 던졌다. 앞면의 마오 주석 표정이 조금 엄숙했다.

돌마는 돈을 집어 들고 자세히 살펴봤다.

"가짜 돈은 아니겠죠?"

"마오 주석이 가짜도 있나요?"

돌마는 살짝 웃으며 아무 말도 하지 않았다. 그녀의 미소는 사람을 매혹시킨다.

내 뒤에 서 있던 구나에디크가 화를 내며 소리쳤다.

"왜요? 우리 돈 없다고 무시하는 거예요?"

돌마는 그 말에는 아무런 대꾸도 하지 않고 정색하며 나에게 말했다.

"이 돈은 어디서 났어요?"

"낯선 사람한테 벌었어요."

돌마는 고개를 들어 바깥을 쳐다봤다. 나도 고개를 바깥으로 돌렸지만 낯선 사람의 모습은 보이지 않았다.

돌마가 말했다.

"어떤 술 드려요?"

"제일 좋은 거요."

"제일 좋은 건 오십 위안짜리예요."

"그거 주세요."

돌마는 술 한 병과 잔돈 오십 위안을 건넸다.

나는 오십 위안짜리 지폐를 들어 자세하게 살펴보았다. 오십 위안 지폐에 그려진 포탈라 궁이 아주 아름다웠다.

돌마는 '체체'거리더니 말했다.

"왜요? 가짜 돈일까 봐 그래요?"

나는 웃으며 대답했다.

"포탈라 궁이 진짜인지 본 거뿐이에요."

돌마는 다시 '체체'거리며 아무 말도 하지 않았다.

나는 포탈라 궁을 돌돌 말아 주머니 속에 집어넣으며 말했다.

"제일 좋은 술 한 병 더 살 수 있겠네요."

뒤에 있던 구나에디크가 더는 기다리지 못하겠다는 표정을 하고 있었기에 얼른 뚜껑을 열어 한 모금을 마시고 그에게 술병을 건넸다.

구나에디크는 한 모금 마신 후 한참 동안 맛을 음미하더니 느릿느릿 말했다.

"정말 맛있네. 이거 다 마시면 나도 오십 위안짜리 하나 사야겠어."

"응. 정말 맛있네. 이렇게 좋은 술은 몇 년 만에 마셔봐."

"걔네는 왜 안 나오지?"

"걔네라니? 누구 말하는 거야?"

"또 누가 있어? 매일 우리랑 같이 술 마시는 걔네 말이야."

"아, 걔네 말하는 거였구나. 안 그래도 계속 안 보여서 나도 답답했어."

구나에디크는 대꾸도 하지 않고 계속 술만 마셨다.

몇 모금을 더 마신 후 우리는 매점 바깥으로 나왔다.

바깥의 햇볕이 무척 좋았다. 낯선 사람은 햇볕이 내리쬐는 곳에 가만히 서서 앞에 있는 삐딱하게 휘어진 나무를 바라보고 있었다.

낯선 사람이 물었다.

"이 삐딱하게 휘어진 나무에 왜 저렇게 많은 게 걸려 있죠?"

내가 대답했다.

"휘어졌다고 얕보면 안 돼요. 이 나무는 행운을 가져다주는 신성한 나무예요."

"햇빛이 나무에 비치니까 아주 멋있네요."

구나에디크가 말했다.

"이 동네는 햇빛이 매일 이렇게 비쳐요."

낯선 사람이 또 말했다.

"이곳은 내가 사는 곳보다 햇볕이 좋은 거 같아요."

구나에디크가 말했다.

"그렇게 좋지도 않아요. 햇볕 때문에 우리 얼굴이 까맣게 타버렸는걸요."

낯선 사람이 말했다.

"햇볕에 탄 거면 나쁘지 않죠. 오늘은 나도 잘 쬐어야겠어요."

나는 낯선 사람에게 술을 건네며 말했다.

"이렇게 좋은 술을 마실 수 있게 해줘서 고마워요. 당신도 한 모금 마셔요."

낯선 사람이 말했다.

"난 술 안 마셔요. 마셔본 적 없어요."

구나에디크가 내게 말했다.

"우리 돌마 찾으러 안 가? 이렇게 좋은 돈벌이를 또 어디서

구하겠어?"

"한 병만 다 마시고 가자. 술 안 마시면 정신이 안 들어."

우리는 또 몇 모금을 마셨다. 내 눈에는 구나에디크의 정신이 말짱해 보였다.

이때 구나에디크의 여동생이 아이를 안고 있는 여자와 절음발이 여자를 데려왔다. 순간 그 두 사람 이름도 돌마인 게 떠올랐다.

구나에디크의 여동생은 바로 낯선 사람 앞으로 걸어가 말했다.

"두 사람 모두 이름이 돌마예요."

낯선 사람은 그들을 한 번 보더니 말했다.

"내가 찾는 사람이 아니에요."

그리곤 주머니에서 이백 위안을 꺼내 구나에디크의 여동생에게 주었다.

구나에디크의 여동생은 돈을 받아 들고 똑같이 이름이 돌마인 다른 여자들을 불러 가게로 들어갔다.

그녀가 가게로 들어가는 모습이 조금 웃겼지만 겉으로 티내지는 않았다.

잠시 후 또 어떤 여자가 등장했다. 늙은 여자였다. 늙은 여자 이름도 돌마라는 게 떠올랐다.

나는 주저하며 낯선 사람에게 물었다.

"늙은 여자도 포함인가요?"

낯선 사람이 대답했다.

"뭐라고요?"

"돌마라는 늙은 여자도 포함이냐고요."

"이름이 돌마이기만 하면 돼요."

나와 구나에디크는 동시에 늙은 여자에게로 뛰어가 한쪽씩 팔을 잡고는 낯선 사람에게로 이끌었다.

낯선 사람 옆에 다 왔을 때 늙은 여자가 우리 손을 뿌리쳤다. 그녀는 직접 낯선 사람 앞으로 걸어가더니 말했다.

"당신이 돌마라는 여자를 찾는 사람인가요? 내 이름도 돌마예요."

낯선 사람은 그녀를 쳐다보았다.

나와 구나에디크는 서둘러 말했다.

"이름이 돌마 맞아요. 조금 늙었지만요."

"내가 찾는 사람이 아니에요."

낯선 사람은 주머니에서 백 위안을 꺼내더니 나와 구나에디크를 보면서 말했다.

"이 돈은 누구한테 줘야 하죠?"

우리가 뭐라고 말하기도 전에 늙은 여자가 돈을 낚아챘다.

"백 위안 받으려고 내 발로 직접 온 거예요."

나와 구나에디크는 그녀를 보고 있었고 낯선 사람도 그녀를 보고 있었다. 결국 다들 웃기 시작했다.

늙은 여자는 백 위안을 주머니에 쑤셔 넣고는 넓지 않은 흙

길을 가리키며 말했다.

"호호, 저기 또 돌마가 오네요."

중년 남성과 중년 여자가 시끄럽게 다투며 이쪽으로 걸어오고 있었다.

중년 남성은 곧장 낯선 사람 앞으로 걸어와 말했다.

"당신이 돌마라는 여자를 찾는 사람입니까? 이 여자도 돌마요."

낯선 사람이 재빨리 백 위안을 꺼냈다.

"받으세요. 백 위안이에요."

중년 남자가 말했다.

"백 위안 받으려고 온 게 아닙니다. 제발 이 여자 좀 데려가세요. 정말이지 더는 같이 못 살겠어요. 아무것도 바라지 않으니 제발 좀 데려가세요."

"이분은 내가 찾는 돌마가 아니에요."

"날 못 믿는 겁니까? 돌마가 맞습니다. 신분증을 보여드리죠."

중년 남성은 얼른 주머니에서 신분증을 꺼내 두 손으로 받쳐 들어 낯선 사람에게 보여주었다.

낯선 사람은 신분증을 받지 않았다.

"믿어요. 당신 말을 믿습니다."

이때 중년 여성도 입을 열었다.

"한 살 이후로 내 이름은 돌마였어요. 저이하고 20년을 살았는데 이젠 하루도 같이 못 살겠어요. 나를 데려가겠다면 시키는 건 뭐든지 할게요."

"당신은 정말 내가 찾는 사람이 아니에요."

중년 남자는 화를 내며 말했다.

"진짜 이상한 사람이군요! 이렇게 되면 돈이라도 받아야겠습니다. 얼른 백 위안 주세요. 술이라도 마시고 좀 취해야지 원."

낯선 사람은 얼른 돈을 건넸다.

"그러세요. 여기요. 돈 받아요."

돈을 받은 중년 남성이 매점으로 들어가자, 그 뒤로 중년 여성이 따라 들어가더니 둘은 다시 다투기 시작했다.

늙은 돌마도 매점 안으로 들어갔다.

구나에디크는 기회를 놓칠세라 내게 말했다.

"우리 얼른 찾으러 가자. 이러다가 다른 사람들이 먼저 찾아버리면 어떡해. 매점 안에 돌마가 벌써 여섯 명이나 있다고."

햇살 아래에서 술을 마셔서 그런지 나는 정신이 들기는커녕 오히려 움직이기가 귀찮았다.

"돈 벌고 싶으면 얼른 찾으러 가. 난 안 갈래. 지금 기분이 딱 좋거든."

구나에디크도 잠깐 생각하더니 말했다.

"그만두지 뭐. 술이나 마시자."

우리는 자리를 펴고 앉아 술을 마시기 시작했다. 한 병을 다 비우자, 구나에디크가 매점에 가서 같은 술을 한 병 더 사 왔다.

이때 내가 말했다.

"이 술 정말 맛있는 거 같아."

구나에디크의 얼굴에 웃음이 번졌다.

어떤 부부가 여자 아이 두 명을 데리고 이쪽으로 오고 있었다.

바닥에 앉아 있던 우리는 일어나기 귀찮아 고개만 들고 낯선 사람에게 말했다.

"저기 돌마 두 명 오네요."

낯선 사람은 가만히 그들을 기다렸다.

부모처럼 보이는 어른 두 명이 얼굴이 똑같은 여자아이 둘을 낯선 사람 앞으로 밀었다.

"애네 둘은 쌍둥이에요. 둘 다 이름이 돌마죠."

"둘 다 내가 찾는 사람이 아니네요. 어쨌든 고맙습니다."

두 아이의 부모는 아주 실망한 것 같았다.

"다시 한번 잘 보세요. 둘 다 아닌가요?"

"아니에요. 둘 다 내가 찾는 돌마가 아니에요."

부모는 뭔가 말하려는 눈치였지만 낯선 사람은 이미 백 위안 짜리 지폐 두 장을 꺼냈다.

"받으세요. 당연한 대가인걸요."

그 후 몇 명의 돌마가 더 찾아왔다. 뚱뚱한 돌마, 홀쭉한 돌마, 키 큰 돌마, 키 작은 돌마, 늙은 돌마, 어린 돌마, 예쁜 돌마, 못생긴 돌마…… 모든 종류의 사람이 다 있었다.

낯선 사람은 아직도 돌마를 찾지 못했고, 주머니 안의 돈은 전보다 훨씬 줄어들었다

이때 우리와 항상 어울리던 할 일 없는 청년들도 대부분 매점 근처로 나왔고 우리는 잔뜩 신이 나 술을 마시기 시작했다.

나는 낯선 사람에게 말했다.

"이렇게 많은 사람이 전부 당신이 찾는 돌마가 아니라서 어쩌죠?"

낯선 사람은 조금 낙담한 것 같았다.

"지금까지 찾은 돌마가 몇 명인지 아세요?"

주위를 둘러보니 온통 돌마로 가득했다. 나는 말했다.

"모르겠네요. 한번 세어봐야겠어요."

나는 몇 번이고 수를 셌지만 셀 때마다 매번 열을 넘지 못했다. 조금 취한 것 같았다.

나는 고등학교를 졸업한 청년을 데리고 왔다. 그는 막 스무 살이 되었다. 줄곧 대학에 가고 싶어 입학 시험을 몇 번이나 봤지만 매번 합격증을 받지 못했다. 그는 어려서부터 술은 입에도 대지 않았다. 우리 중에 정신이 제일 맑은 사람인 것이다. 집에서 그에게 마지막 기회를 주었다. 만약 올해마저 떨어진다면 착실하게 집에 살면서 다시는 대학에 가고 싶다는 말을 하지 않겠다고 약속했다.

그는 아주 빨리 수를 세더니 19명이 있다고 말했다.

낯선 사람이 말했다.

"그럴 리가요. 다시 한번 세어보세요."

고등학교 졸업생은 다시 세더니 조금 화가 난 목소리로 말했다.

"19명 맞아요. 이런 숫자도 제대로 못 세면 올해 대학을 무슨 수로 붙겠어요?"

낯선 사람을 아무 말 없이 나를 쳐다봤다.

나는 머리를 쥐어짜도 마을에 또 다른 돌마가 누구인지 전혀 떠오르지 않았다.

같이 술을 마시던 청년들에게 물어봤지만 다들 모르겠다고 말했다.

돌마라는 이름을 가진 여자들에게도 물어봤지만 다들 모르겠다고 말했다.

나는 계속 술을 마셨다. 옆에 있던 여자들이 끊임없이 뭐라고 떠들었지만 무슨 말인지 제대로 알아들을 수 없었다.

낯선 사람이 갑자기 말했다.

"매점에 있는 판매원도 셌어요?"

고등학교 졸업생이 말했다.

"아니요. 그 사람은 여기 사람이 아니에요."

나는 얼른 말했다.

"그녀도 포함해야 하나요? 촌장님이 데려오긴 했지만 여기 사람이 아니에요."

낯선 사람이 말했다.

"당연하죠. 포함해야죠. 여기에 있으니까 포함해야 해요. 이런 사람이 또 있나요?"

나는 잠시 생각하고는 얼른 대답했다.

"없어요."

낯선 사람은 말했다.

"분명 한 명이 더 있을 텐데."

술을 마시고 있던 청년들이 모두 입을 모아 말했다.

"없어요. 없다고요. 이름이 돌마인 여자는 이 사람들이 전부예요."

이름이 돌마인 여자들도 사방에서 모여들더니 다들 입을 모아 말했다.

"정말 없어요. 있었다면 우리가 알았겠죠."

"분명 한 명이 더 있을 텐데요. 다시 한번 잘 생각해보세요. 생각해내면 그 사람에게 삼백 위안을 드릴게요."

늙은 돌마가 조금 흥분한 듯 말했다.

"나 알겠어요."

순간 주변이 쥐 죽은 듯이 조용해졌다. 다들 늙은 돌마를 쳐다봤다.

늙은 돌마는 대단한 거라도 알고 있는지 웃기만 할 뿐 말을 하지 않았다.

나는 조금 조급해졌다.

"말해봐요. 얼른요."

늙은 돌마는 그제야 입을 열었다.

"혹시 우리 사원 안에 모셔진 돌마 조각상 아니에요?"

모두 웃음을 터트렸다. 낯선 사람도 웃었다.

늙은 돌마의 얼굴이 순식간에 달아올랐다.

"왜 웃어요?"

"내가 찾는 사람은 살아 있는 돌마예요."

낯선 사람은 모두를 보며 말했다.

"여러분 다시 한번 잘 생각해보세요. 생각해내면 오백 위안을 드릴게요."

모두 생각해내려고 한참 애쓴 뒤 이렇게 말했다.

"없어요. 정말 없어요. 천 위안을 준다고 해도 없는 건 없는 거예요."

낯선 사람은 실망한 듯 얼굴에 낙담한 기색이 역력했다.

그런 모습을 보니 연민이 들었고 어떻게든 그를 위로하고 싶었다.

이때 마을 촌장이 떠올랐다.

나는 사람들에게 물었다.

"촌장님은 지금 어디 계시죠? 촌장님이라면 마을 상황을 훤히 알고 계실 테니 물어보면 바로 아실 거예요."

다들 인파 가운데서 촌장을 찾았지만 그곳에는 없었다. 누구도 그가 어디에 갔는지 알지 못했다.

나는 낯선 사람을 위로하며 말했다.

"촌장님은 분명 알고 계실 테니 너무 실망하지 말아요. 소식이 있으면 무슨 수를 써서라도 꼭 알려줄게요."

낯선 사람은 조금 감동한 눈치였다.

"당신은 좋은 사람이군요."

그리곤 모두를 쳐다보며 말했다.

"당신들도 모두 좋은 사람이에요."

사람들의 얼굴에 미소가 번졌다.

그 후 낯선 사람은 매점 안으로 들어갔다.

나는 조금 이상한 생각이 들어 그를 따라 들어갔다.

낯선 사람이 판매원 돌마에게 다가가 말했다.

"실례합니다. 술 세 병만 주세요."

"어떤 술이요?"

"여기에서 제일 좋은 거요."

"한 병에 오십 위안인데 괜찮으세요?"

"괜찮습니다. 그걸로 주세요."

"몇 병 드릴까요?"

"세 병이요."

판매원 돌마는 낯선 사람의 돈이 가짜인지 검사하지 않았다. 나는 왠지 기분이 조금 언짢았다.

주머니에 손을 넣으니 돌돌 말린 오십 위안짜리 지폐가 만져졌다. 이걸로 좋은 술을 한 병 더 살 수 있겠다고 생각했지만, 입 밖으로 꺼내진 않았다.

낯선 사람이 술을 들고 가게를 나서려고 할 때 판매원 돌마가 말했다.

"여기에서 날 데리고 나갈 사람을 계속 기다리고 있었어요. 오늘 당신을 보니 그 사람이 바로 당신이라는 생각이 들었죠. 돌마라는 여자들이 계속 들어와서 조금 걱정했어요. 이곳에 돌마가 이렇게 많은지 몰랐거든요."

낯선 사람은 가만히 서서 그녀의 얼굴을 보며 말했다.

"그렇군요."

"날 데리고 가줄 수 있어요?"

"당신이 원한다면."

판매원 돌마는 계산대에서 빠져나오더니 낯선 사람에게 다가가 팔짱을 꼈다.

낯선 사람은 나에게 손에 들려 있던 술 세 병을 건넸다.

"가지고 가서 다 같이 마셔요. 고마웠어요."

판매원 돌마는 잠시 뭔가 생각하더니 계산대 쪽으로 가서 커다란 사탕 한 봉지를 들고 와 내게 주며 말했다.

"여자들에게 주세요."

나는 술 세 병과 커다란 사탕 한 봉지를 받아 들었지만, 무슨 말을 해야 할지 몰랐다.

우리가 가게 밖으로 나온 후, 판매원 돌마는 가게 문을 걸어 잠그고 열쇠를 내 손에 쥐어주었다.

"죄송한데 촌장님께 좀 전해주세요. 여기를 떠날 거라고 다시는 돌아오지 않을 거라고 전해주세요."

나는 그녀를 보면서도 뭐라고 할 말이 없었다. 조금 실망했다.

그녀가 말을 덧붙였다.

"하마터면 깜박할 뻔했네요. 사탕 한 봉지 가져갔다고도 말해주세요."

그녀와 낯선 사람은 마을 밖으로 걸어갔고 사람들은 그들이 떠나는 모습을 신기하게 쳐다봤다.

내가 다가오는 것을 보고는 남자들과 여자들이 앞다투어 물었다.

"자신이 찾던 돌마를 찾은 거야?"

나는 대답했다.

"잘 모르겠는데, 그런 거 같아요."

남자들과 여자들이 너도나도 잇달아 말했다.

"찾았으면 됐지. 정말 잘됐네."

나는 술 세 병을 들어 보이며 남자들에게 말했다.

"외지 사람이 우리 마시라고 주고 갔어요. 술 드실 분은 이쪽으로 오세요."

그리곤 또 커다란 사탕 한 봉지를 들어 올려 여자들에게 말했다.

"이 사탕은 판매원 돌마가 여자들에게 준 거예요. 가지고 가서 드세요."

남자들은 병을 집어 들고는 술을 마시기 시작했다.

술을 마시더니 한 사람씩 말했다.

"좋은 술이네. 참 맛있어."

여자들은 비닐을 벗겨 사탕을 입 안에 넣고는 눈을 가느스름하게 뜨더니 찬찬히 맛을 음미했다.

서른쯤 된 돌마가 말했다.

"나도 외지 사람이 데려가 주면 좋겠다."

이때 위쪽 흙길에서 천천히 걸어 내려오고 있는 촌장 모습이 보였다.

촌장은 삐딱하게 휘어진 나무 옆에 가더니 하다 하나를 그 위에 올려놓았다.

촌장의 얼굴에는 기쁨과 행복이 넘쳐흐르고 있었다.

모두 촌장을 보고 있었다.

촌장이 말했다.

"다들 축복해주세요. 간밤에 우리 집 며늘아기가 아이를 낳았답니다. 산모와 아기가 아무 탈 없이 건강할 수 있도록 복을 빌어주세요."

다들 크게 기뻐하며 말했다.

"아, 그래서 안 보이셨군요. 축하드려요."

촌장은 주머니에서 백 위안을 꺼내더니 내게 주며 말했다.

"얼른 가서 좋은 술이랑 여자들이 좋아하는 것 좀 사 오게. 오늘 같은 날은 한 잔 사야지. 기쁨은 나눠야 배가 되지 않겠는가."

나는 주머니에서 매점 열쇠를 꺼내며 말했다.

"판매원 돌마가 떠났어요. 이걸 촌장님께 전해주랬어요."

촌장은 눈살을 찌푸리며 말했다.

"뭐? 떠났다고?"

"떠났어요. 외지 사람하고 함께 떠났어요."

"정말 떠났어?"

"정말 떠났어요. 다시는 돌아오지 않을 거라고 했어요. 그리고 사탕 한 봉지 가져갔다고 말해달라고 했어요."

촌장은 뭔가 생각하고 있었다.

이때 늙은 돌마가 촌장에게 물었다.

"아들이에요? 딸이에요?"

"딸이에요."

"이름은 지었어요?"

촌장이 대답했다.

"어르신하고 똑같아요. 돌마예요."

우겐의
치아

우겐은 내 소학교 친구다. 이건 많은 사람이 알고 있다.
우겐은 후에 활불이 되었다. 이것도 많은 사람이 알고
있다. 하지만 이 모든 것은 중요하지 않다. 중요한 것은
우겐이 스무 살에 죽었다는 것이다.

우겐烏金은 내 소학교 친구다. 이건 많은 사람이 알고 있다.

우겐은 후에 활불*이 되었다. 이것도 많은 사람이 알고 있다.

하지만 이 모든 것은 중요하지 않다. 중요한 것은 우겐이 스무 살에 죽었다는 것이다. 우겐이 죽고 나서 그에 대해 말할 때마다 다들 입을 모아 전세 활불께는 '죽다'라는 단어를 직접 사용해선 안 되며, 반드시 '원적'이라는 단어를 써야 한다고 했다. 하지만 우겐과 나는 어렸을 때 함께 뛰어놀던 친구이자, 소학교를 5년간 같이 다닌 동창에, 심지어 짝꿍이었다. 나이가 엇비슷한 사람이 갑자기 죽었는데, 그 애가 '원적'했다고 억지로 말한다는 것은 정말 어려운 일이었다. 하지만 모두 하나같이 절대 '죽다'라고 말해서는 안 된다고 했다. 특히 우리 부모님은 아

---

* 전세(轉世) 활불. 살아 있는 부처로 티베트 불교인 라마교의 수장이다.

주 단호하게 함부로 '죽다'라는 단어를 쓰지 말라고 하시면서 '너보다 공덕도 많고 지혜로운 분에게 무례를 저지르는 꼴'이라고 말씀하셨다.

부모님의 말씀을 들으니 나는 더욱더 '원적'이라는 단어를 쓰고 싶지 않았다. 우겐이 나보다 공덕이 많다는 것을 지금은 확실히 인정할 수 있다. 왜냐하면 활불이 된 우겐 앞에 많은 사람이 무릎을 꿇고 고두했기 때문이다. 한번은 부모님이 나를 데리고 가서 억지로 우겐에게 고두하라고 시킨 적이 있다. 솔직히 정말 하고 싶지 않았다. 우겐도 사람들 속에서 웃으며 "넌 하지 않아도 돼"라고 했지만, 부모님은 그렇게 놔두지 않고 기어이 억지로 고두를 시키셨다. 내가 머뭇거리며 망설이자 부모님은 "활불께서 네 소학교 친구라서, 둘이 같은 위치라고 생각해서 하기 싫은 거지?"라며 비난을 퍼부었다.

부모님의 말씀을 거역할 수도 없었고, 내 뒤로 참배행렬이 길게 이어져 있었기 때문에 별 수 없이 우겐에게 고두를 세 번 해야 했다. 막상 내가 고두했을 때, 우겐도 막지 않고 그저 미소를 지은 채 나를 바라보고 있었다. 그때는 정말 기분이 좋지 않았다. 하지만 나중에 생각해보니 내가 우겐에게 고두했다는 것은, 분명 우겐이 나보다 훨씬 공덕이 많다는 뜻이다. 그렇지 않다면 우겐이 나한테 고두하지, 왜 내가 우겐에게 했단 말인가? 어떤 일들은 그저 이렇게 인정하는 것 외에 다른 방법이 없다.

그러나 우겐이 나보다 훨씬 지혜롭다는 말에는 절대 동의할 수 없다. 소학교 1학년부터 5학년까지 같은 반이었기에 우겐의 수준을 누구보다 잘 알고 있다. 분명하게 장담할 수 있는데, 소학교 1학년부터 5학년을 마친 후 졸업할 때까지 우겐은 단 한 번도 수학 시험을 통과해본 적이 없다. 소학교 1학년 때부터 수학 숙제는 전부 내 것을 베꼈다. 이렇게 말해봤자 아무도 믿지는 않을 거라고 생각한다. 다른 사람이 이런 말을 했다면, 나도 분명 믿지 않았을 테니까 말이다. 하지만 확실히 있었던 일이라고 신성한 불법승의 "삼보"*에 대고 맹세할 수 있다. 선생님이 수학 숙제를 내주실 때마다 우겐이 할 수 있는 유일한 일은 내가 숙제를 다 하기만을 인내심을 갖고 기다리는 거였다. 내가 숙제를 끝내기 전에는 우겐도 절대 밖에 나가서 놀지 않았다. 나는 이런 점에 감동을 받곤 했는데, 우겐 혼자 놀러 나갔다면 기분이 나빴을 거고, 그렇다면 숙제도 다 하지 못했을 것이기 때문이다. 나중에 곰곰이 생각해보니, 만약 내가 숙제를 다 하지 못하면 당연히 자신도 숙제를 할 수 없기에 옆에서 기다리는 것은 당연한 일인 셈이고, 그런 면에서 우겐도 가끔은 똑똑했던 것 같다. 우겐은 의외로 아주 성실하게 내 수학 숙제를 베끼곤 했는데, 그렇다고 나를 자기 옆에 붙잡아두거나 하지도 않았다. 보통 나는 숙제를 다 하면 곧장 쏜살같이 교실 밖으로

---

* 불상, 승려, 법기

뛰쳐나가 다른 친구들과 놀았다. 우겐은 숙제를 베끼면서도 아주 진지하고 성실했다. 게으름도 절대 피우지 않았다. 가끔 수학 선생님이 숙제를 또박또박 잘 해 왔다고 우겐을 칭찬하기도 했다. 그럴 때마다 사실 난 그다지 기분이 좋지 않았지만 말이다. 그러나 시험을 볼 때면 보여주고 싶은 마음이 굴뚝같아도 행동으로 옮길 수 없었다. 수학 선생님은 아주 엄격한 데다 심지어 히스테리를 아주 심하게 부렸기 때문이다. 시험 시간에 누군가 다른 사람의 답을 베끼는 것을 목격하면 절대 봐주는 법 없이 당장 시험지를 빼앗아 갈기갈기 찢어버리고는 보여준 사람이나 베낀 사람 모두에게 빵점을 줬다. 소심한 우겐은 베낄 생각은 꿈도 못 꾸었고, 마찬가지로 소심한 나도 감히 우겐에게 보여주지 못했다. 우리 수학 선생님은 대략 서른 살 정도의 여자였다. 이혼을 했고, 아이는 없다고 들었다. 나중에 외부 사람들이 사실 선생님의 아이는 죽었다고 했다. 그래서 수학 선생님이 그렇게 히스테리를 부리는 거라고 다른 과목 선생님들도 생각하고 있었다. 어쨌든 결론은 우겐이 소학교에 다니는 동안 단 한 번도 수학 시험을 통과해본 적이 없다는 것이다. 물론 이건 어릴 적 일에 불과하지만 말이다.

시간이 흘러 나는 중학교를 마치고 고등학교에 진학했다. 고등학교 졸업 후에는 대학에 가지 않고 소도시에서 대충 일자리를 구해 그렇게 살았다. 우겐은 소학교를 졸업한 이후에 학교에 다니지 않았다. 부모님이 외동아들인 우겐을 곁에 두고 싶어 했기 때문이다. 우겐도 딱히 부모님께 학교에 보내달라고 하지 않았다. 우리 고향에는 중학교가 없었기 때문에, 나는 소학교를 졸업하고 중학교에 다니기 위해 현으로 가서 생활했다. 여름 방학을 맞아 고향으로 돌아왔을 때, 우겐에게 왜 학교를 계속 다니지 않았느냐고 물은 적이 있다. 처음에는 부모님이 보내주지 않았다고 하길래, 그냥 그런 줄로만 알고 있었다. 나중에 우겐이 먼저 '왜 중학교에 가지 않았는지 진짜 이유를 알고 싶어?'라고 물었고, 그렇다고 했더니 돌아온 대답은 '수학이 무서워서'였다. 나는 웃으며 '내 거 베끼게 해줬을 텐데'라고 말했다. 우겐은 소학교 5학년 때부터인가 내 수학 숙제를 베낄 때마다 죄책감 같은 게 느껴졌다고 했다. 그런 마음으로 계속 공부하고 싶지 않았다고 말이다. 그때 우겐의 성품을 느낄 수 있었다.

내가 고등학교를 졸업하던 그해, 우리는 열여덟이 되었다. 앞서 말했던 것처럼 나는 일을 시작했고, 우겐은 활불이 되었다. 이듬해 여름, 내가 집에 다니러 갔을 때 우겐이 사람을 보내 절에 와달라고 했다. 우겐이 있는 절은 우리 마을에서 아주 가까웠다. 사실 우리는 그전에도 만난 적이 있다. 우겐이 전세 활불로 인정받고 얼마 지나지 않았을 때였다. 우겐이 인정받은 활불은 고향 일대에서 아주 존경받는 인물로 반경 몇 리 안의 사람들이 모두 신도였다. 우겐의 좌상 의식이 거행되던 날, 행사에 참여하려는 사람들로 인파를 이뤘다. 대부분의 사람이 우겐에게 공물을 바치고 무릎을 꿇어 고두를 했다. 부모님이 나한테 억지로 고두를 시킨 것도 그날이었다.

하다와 공물을 챙겨 우겐이 있는 절로 향했다. 절에 도착하자, 한 스님이 우겐의 침실로 안내해주었다. 침실로 들어갔을 때, 우겐은 단좌하고 있었고 주변에는 경서 몇 권과 자주 사용하는 물건들이 놓여 있었다. 우겐은 나를 안내해준 스님에게 돌아가라고 손짓했다. 방 안에서 풍기는 분위기 때문인지 우리 사이에 알 수 없는 거리감이 느껴졌다. 먼저 공손하게 하다를 바친 후, 고두를 해야 할지 고민하면서 머뭇거리고 있었는데, 우겐이 자기 옆으로 와서 앉으라고 손짓했다. 우겐의 얼굴에는 여전히 어릴 적 모습이 남아 있었다. 그 얼굴을 보고 나니 우리를 가로막고 있던 묘한 거리감이 순식간에 사라졌다.

우겐이 웃으며 말했다.

"지난번에 부모님이 억지로 고두를 시켜서 난처했지?"

나는 어떻게 대답해야 할지 몰라 대충 둘러댔다.

"다들 고두하는데 나도 당연히 해야지."

그런 내 모습을 보고 그는 말했다.

"지금은 아무도 없으니까 그렇게 긴장하지 않아도 돼."

그 말을 듣자, 더욱 긴장하게 되었다. 우겐은 바로 화제를 돌렸다.

"넌 수학을 그렇게 잘하는데, 왜 대학에 가지 않았어?"

진학하지 않은 이유는 한둘이 아니었지만, 일일이 설명하고 싶지 않아 대충 몇 가지 이유를 둘러댔다. 우겐이 말했다.

"그 얘기는 나도 들었어. 근데 정말 아깝다."

같이 있으니 마치 어린 시절로 돌아간 것처럼 점점 마음이 편안해졌다. 우겐이 말했다.

"너 지금 우리 어렸을 때랑 똑같아."

그 당시처럼 어색함이 사라지자 우겐에게 거리낌 없이 장난으로 얄궂은 질문을 했다.

"너 아직도 수학이 무서워?"

그는 고개를 절레절레 흔들며 웃었다.

"아직도 무서워."

나도 웃으며 말했다.

"그래도 이젠 아무도 하기 싫은 일을 억지로 시키지 않잖아. 얼마나 좋아!"

우겐이 말했다.

"꼭 그렇지도 않아. 내 경 스승님이 천문역산을 공부하라고 진작부터 말씀하셨거든. 이게 수학이랑 관련이 있는 건데, 이리저리 계산해보니까 어렸을 때 수학만큼 어렵지 않더라."

나는 약간 의아했다.

"그거 아주 심오한 학문이라고 들었는데, 그럼 수학보다 훨씬 어려운 거잖아."

그는 겸손하게 말했다.

"괜찮아. 그 정도는 아니야."

나는 다시 한 번 우젠의 얼굴을 빤히 쳐다봤다.

"활불이 된 후에 갑자기 머리가 좋아진 거야? '지혜의 물을 대고 크게 깨달음을 얻는다.'는 성어처럼?"

그는 계속 웃으며 말을 이었다.

"아마 그때는 너한테 자꾸 의지하다 보니 그게 습관이 돼버 렸었나 봐."

나는 그저 우젠을 가만히 쳐다보고 있었다.

잠시 후, 우젠이 다시 입을 열었다.

"어떤 사람이 1+1=3이라는 걸 증명했다는데, 어떻게 한 거 야?"

나는 대답했다.

"그건 아주 심오한 학문이라, 수학 천재 같은 사람이나 증명 할 수 있는 거야."

비록 내가 소학교 때부터 고등학교를 졸업할 때까지 줄곧 수학을 잘하긴 했지만, 이런 문제는 전혀 알지 못해 그저 대충 얼버무릴 수밖에 없었다.

우젠은 말했다.

"내가 아는 거라곤, 1+1=2, 2+2=4, 3+3=6, 4+4=8, 5+5=10, 6+6=12, 7+7=14, 8+8=16, 9+9=18, 10+10=20이라는 거야."

이렇게 순서대로 말하다가 100+100=200까지 말하지 않을 까 걱정했지만, 우젠은 10+10=20까지 말하고는 멈췄다. 다행 이라는 생각이 들어 마음이 한결 편해졌다.

이때, 우겐이 대체 어떻게 천문역산을 공부할 수 있는지 또 의아해졌지만 그래도 이렇게 말했다.

"너 이제 수학 계산은 엄청 빠르겠다."

우겐은 그 전에 숫자를 계산하며 말할 때 약간 흥분한 것 같더니, 조금 가라앉은 모습으로 다시 입을 열었다.

"근데 나는 왜 1+1=3인지 모르겠어."

스무 살인 우겐은 죽었고, 스무 살인 나는 여전히 살아 있다. 가슴이 조금 먹먹하다. 만약 뺄셈으로 계산한다면, 앞으로 우리 둘의 나이 차이는 점점 더 벌어지겠지. 우겐의 죽음을 직접 '죽다'라는 단어로 표현해서는 안 된다는 걸 알았지만, 그때는 그저 '원적'이라는 두 글자를 차마 입 밖으로 꺼내지 못했다. 그 두 글자를 나와 함께 자라온 친구에게 써야 한다는 게 왠지 모르게 낯설었다. 하지만 이것도 중요하지 않다. 중요한 것은 우겐은 이미 죽었고, 다시는 돌아오지 못한다는 것이다.

나와 우겐이 마지막으로 만난 것은 그해 새해였다. 새해가 된 첫날부터 우리는 스무 살이 되었다. 사실 소도시에서 일하기 시작한 후, 뭘 해도 순조롭지 않았다. 우리 마을 사람들도 다른 마을 사람들도 일이 생각대로 풀리지 않을 때면 모두 우겐을 찾아가 '보우'를 빈다는 얘기를 들었다. 우겐의 '가지'*를 받으면 일이 정말 잘 풀린다고 했다. 그걸 꼭 믿는 것은 아니지만,

---

* 중생이 불보살에게 구하는 위력

지난 2년 동안 정말 뭐 하나 뜻대로 되는 일이 없었기 때문에 새해를 맞아 우겐한테 가서 '가지'를 달라고 할 생각이었다.

우겐이 활불로 인정을 받은 후, 마을에는 우겐의 출생에 관한 여러 가지 기이한 이야기가 전해졌다. 겨울에 과일나무에서 꽃이 폈다거나, 무슨 맑은 날 갑자기 천둥이 쳤다거나, 만 리가 보일 만큼 청명한 하늘에 무지개가 떴다는 둥 과학적으로 설명할 수 없는 수많은 기묘한 현상들이었다. 이런 말을 전부 믿는 것은 아니지만, 완전히 못 믿는 것도 아니다. 나와 우겐은 특별한 사이였기 때문에 후에 일부 사람들이 어린 시절 우겐에게 남다른 점이 없었는지 나에게 물어 왔다. 수학 시험을 볼 때마다 과락한 것을 빼고는 내 기억 속의 우겐은 다른 사람과 별반 다르지 않았다. 그러다 어느 날 갑자기 어렸을 적 일화가 떠올랐다. 적어도 그 일만 놓고 보면 우겐은 아주 착한 아이였다는 것을 알 수 있다. 소학교 3학년 어느 날, 황허 강변에 놀러 갔을 때 일이다. 강변에는 크고 기이한 바위가 하나 있었는데, 우겐은 그 바위에 올라가서 노는 것을 좋아했다. 예전에 연화생대사가 황허를 건너 이곳을 지날 때, 날이 저물기 시작하자 두 비자와 함께 이 바위에 등을 기대고 하룻밤을 묵었다는 전설이 있다. 커다란 바위에는 세 사람의 등 모양이 남아 있는데 양쪽 두 개는 작고, 가운데는 컸다. 어른들은 중간에 있는 것이 바로 연화생대사의 등 모양이고, 양옆의 두 개가 비자의 것이라고 했다. 이 바위는 '성스러운 바위'라고 여겨져서 평소 많은 사람이 참배하러 오곤 했다. 이 일대 사람들은 대부분 연화생대사가 티베트 불교 닝마파의 창시자라고 믿었는데 아마도 그 때문이었던 것 같다. 우겐의 이름도 연화생대사의 또 다른 이름인 '우겐대사'에서 두 글자를 따온 것이다.

그날은 성지순례를 하는 사람이 없어, 덕분에 우리는 오후 내내 마음껏 놀 수 있었다. 집으로 돌아가는 길이었다. 갑자기 모래땅 위에서 팔딱거리고 있는 물고기 한 마리가 시야에 들어왔다. 나는 물고기가 왜 여기에 있는지 생각해보지도 않고 대뜸 말했다.

"엄청 큰 물고기네. 도로 수리하는 사람들 물고기 먹던데, 우리 이거 갖다 팔자."

우겐은 얼른 뛰어가서 물고기를 주워 들고는 말했다.

"안 돼. 다시 물속으로 돌려 보내줄 거야."

나는 우겐의 손에서 힘껏 파닥거리는 물고기를 보며 말했다.

"에이, 그러지 말자. 산 채로 황허에 가서 놓아주는 건 불가능해. 얼마나 먼데. 도중에 죽고 말 거야."

"너 먼저 집에 가. 난 이거 다시 물에 놓아주고 갈게."

우겐은 말을 끝내자마자 물고기를 들고 뛰기 시작했다. 그 뒷모습을 보며 잠시 망설였지만 나도 따라 뛰었다.

한참 뛰어가다 보니 물고기가 움직이지 않는 것 같아 우겐에게 말했다.

"그만하자. 이미 죽은 거 같은데 그만 뛰어."

우젠은 내 말을 무시하고 물고기를 잡은 채 계속해서 앞으로 뛰었다. 나도 그를 따라 뛸 수밖에 없었다.

황허에 도착했을 때, 우리는 숨이 턱까지 차올라 허리도 제대로 펼 수 없었다.

우젠은 수심이 얕은 곳에 물고기를 살며시 놓아주었다. 물고기는 죽은 것처럼 그저 물 위에 둥둥 떠 있었다. 우젠은 숨죽인 채 물고기를 바라보고 있었다. 물고기가 살짝 꿈틀거리더니 또다시 움직였다. 이내 헤엄치기 시작하더니 수심 깊은 곳으로 가버렸다.

내가 사람들에게 이 이야기를 해주자, 모두 이런 인물은 역시 천성이 남들과 다르다며 입을 모아 말했다.

우젠에 관해 떠도는 여러 이야기와 내 기억 속 소소한 일을 떠올리면, 나도 가끔 우젠에게 타인과는 다른 뭔가가 있다는 생각을 하곤 했다. 그래서 그해 정월 초하루에 특별히 하다 하나와 선물을 준비해 새해 인사를 하러 갔다.

다시 만났을 때, 우젠은 여전히 친절했다. 하지만 우젠을 대하는 내 감정에는 약간의 변화가 생겼다. 나도 모르는 사이 자연스럽게 경외감 같은 게 생긴 것이다.

나는 공손히 하다와 선물을 바친 후, 고두를 하기 위해 한 발짝 물러섰다.

우젠이 웃으면서 말했다.

"우리 둘만 있을 땐 그렇게 격식 갖출 필요 없어."

그러더니 자신의 옆에 와 앉으라고 했다.

그래도 나는 우겐에게 세 번 고두했다. 그는 자리에 단좌하며 나를 바라보고 있었다.

나는 말했다.

"우겐, 아니, 활불님, 제가 최근 2년 동안 뭘 하든지 일이 잘 풀리지 않습니다. 저에게 가지해주십시오."

우겐이 말했다.

"너 이런 걸 믿어?"

나는 말했다.

"사람들이 네 가지력*이 영험하다고 했어."

우겐은 웃었다.

"내 오랜 친구인데 당연히 가지해줘야지."

우겐은 눈을 감은 채 한참 동안 경을 읊고는 불전에서 성수를 떠와 나에게 마시라고 했다. 마지막엔 붉은색의 호신부(護身簿)를 주었다.

"이거 항상 몸에 지니고 있어."

내가 크게 감격해 하자, 우겐은 계속 그럴 필요 없다고 말했다.

잠시 후, 우겐이 갑자기 말했다.

"얼마 전에 내가 누굴 봤는지 맞춰봐."

---

* 중생을 보호하는 부처의 불가사의한 힘

나는 그를 보며 말했다.

"모르겠어."

그는 웃으며 말을 이었다.

"잘 생각해봐. 우리 둘하고 관련 있는 사람이야."

나는 고개를 저으며 말했다.

"누군지 감도 안 와."

우겐은 그제야 입을 열었다.

"얼마 전에, 우리 소학교 때 수학 선생님이 여기에 왔었어."

하마터면 소리를 지를 뻔했다. 소학교를 졸업하고 나서는 그 선생님을 아마 한 번도 뵙지 못했던 것 같다.

우겐이 말을 이었다.

"나에게 가지를 해달라고 했어."

"선생님이 부탁했다고?"

"그렇다니까. 결혼하셨대. 애도 낳았고."

"우리 어렸을 때 이야기는 안 꺼냈어?"

"안 꺼냈어. 내가 먼저 예전에 수학을 엄청 못했다고 말했더니, 더는 말 못하게 말리시더라. 그때 혼내서 정말 미안했다고 하시면서 말이야."

정말 믿기 힘든 이야기였다.

우겐이 계속 말을 이었다.

"선생님은 나에게 고두를 하고는 자신의 아이가 잘 자랄 수 있도록 가지 해달라고 하셨어."

"넌 뭐라고 했어?"

"그냥 앞으로 선생님과 아이를 위해 자주 복을 기원하겠다고 말했지. 그랬더니 엄청 감격스러워하면서 돌아가셨어."

"선생님이 그럴 줄은 몰랐네."

"선생님은 별로 변한 게 없었어. 예전보다 표정은 많이 평온해지시긴 했어."

"아마 그때는 선생님도 아주 힘들었을 거야."

우겐이 또 말했다.

"내가 선생님께 뭘 질문했는지 맞춰봐."

"글쎄, 뭘 물었는데?"

"누가 1+1=3이라던데 어째서 그런 거냐고 물었어."

"그랬더니?"

"당신은 소학교 수학 선생이라 그런 심오한 문제는 잘 알지 못한다고 하셨어."

순간 요전에 나에게 똑같은 질문을 하던 모습이 떠올랐다. 우겐이 말을 이었다.

"1+1=3이 어떻게 된 건지, 나중에 꼭 알아내고야 말겠어!"

새해가 지난 후, 우겐의 소식을 전해 들었다. 바로 죽었다는 소식이었다.

난 이제 '원적'이라는 단어로 우겐의 죽음을 표현해야 한다는 것을 받아들일 수 있게 되었다. 하지만 이것도 중요하지 않다. 중요한 것은 우겐이 원적한 후, 사원의 스님과 주변 불자들이 우겐을 위해 불탑을 하나 세우고 이 불탑 안에 우겐의 치아를 모신다는 것이다. 자꾸 반복해서 말하게 되지만, 불탑을 세우는 일은 크게 중요하진 않다. 자력이 높은 활불이 승천한 후, 그를 따르던 불자들이 활불을 기리기 위해 불탑을 세우는 것은 아주 평범하기 그지없는 일이기 때문이다.

아주 아주 중요한 것은 그 불탑 안에 모실 우겐의 치아를 모았더니, 모두 58개였다는 것이다.

평범한 사람의 치아가 58개라니 이건 분명 너무 많다. 평범하지 않은 사람의 치아가 58개라고 해도 분명 너무 많다.

사실 그때까지 보통 사람의 치아가 몇 개인지 정확하게 알지 못했기 때문에 어떤 어르신께 여쭤봤다.

"사람 치아가 보통 몇 개죠?"

어르신은 잠시 생각하시더니 입을 뗐다.

"아마 30개일 거야."

그 어르신의 대답이 정확해 보이지 않아 다른 어르신께 다시 여쭤봤다.

"보통 사람 치아는 몇 개예요?"

어르신은 바로 "32개지"라고 대답했다.

어르신의 확신에 찬 말투를 듣고는 이 숫자가 정확할 것이라는 생각이 들었다.

그러나 결국 정말로 정확한지 확인해보기 위해 피시방으로 향했다.

피시방 관리자가 말했다.

"먼저 신분증을 등록하셔야 해요."

"왜요?"

"위에서 정한 규정이 그래요."

"그냥 뭐 좀 찾아보려고 온 건데, 몇 분이면 되는데 그냥 하면 안 될까요?"

"제 맘대로 할 수 없어요. 위에서 정한 규정이거든요."

"그냥 넘어가면 될 텐데, 귀찮게 그래요."

관리자는 조금 화가 난 것 같았다.

"전 아르바이트생이에요. 한 달 일해도 고작 몇백 위안밖에 못 버는 저한테 대체 왜 그러세요?"

나는 인터넷을 하는 사람들을 한번 보고는 신분증을 꺼내 건넸다. 관리자는 한 손으로 노트에 신분증 번호를 적으면서 다른 한 손으로는 노트를 가리켰다.

"보세요. 여기에서 인터넷 하는 사람들은 전부 등록했다고요. 위에서 내려온 규정이니까요."

난 더는 대꾸하지 않고 그저 신분증을 돌려주기만을 기다렸다. 등록이 끝났는지 관리자가 내게 물었다.

"뭐 검색하시려고요?"

난 퉁명스럽게 대답했다.

"사람 치아가 몇 개인지 알아보려고요."

그는 웃었다.

"그런 것도 몰라요?"

나는 바로 되물었다.

"그럼 한번 말해봐요. 사람 치아가 몇 개인지."

그는 잠시 생각하더니 겸연쩍게 말했다.

"아까 그 말을 들었을 때만 해도 그렇게 간단한 기본 상식 정도는 당연히 아는 줄 알았어요. 그런데 막상 구체적으로 몇 개인지 말하려니까 말문이 턱 막히네요. 스물 몇 개 아닌가요?"

나는 그를 바라보며 웃었다.

"모르겠으면 본인 치아라도 세어보세요."

이렇게 말을 하곤 자리를 잡고 앉아 인터넷을 하기 시작했다. 고개를 돌려 관리자를 보니 자리에 앉아서 손가락을 입 안에 집어넣어 자신의 치아 수를 세는 것 같아 보였다.

"바이두 지식"을 열어 검색창에 '사람의 치아는 모두 몇 개인가'를 입력하고 엔터를 치자, 순식간에 수백 개의 검색 결과가 쏟아졌다.

그중 하나를 클릭해 웹페이지를 열어보니 수많은 사람의 답변과 댓글이 있었다. '베이징 미녀 치과 의사'라는 사람은 단순명료하게 숫자 두 글자를 적었다.

28개

'동면 중인 나무'라는 사람은 이렇게 대답했다.

28+4, 사랑니가 없는 사람도 있음

'질문은 배움의 원천'이라는 사람은 이렇게 대답했다.

치아가 정상적으로 자랄 경우 32개이나 사랑니가 모두 맹출되지 않는 경우도 있으므로 28~32개로 사람마다 다르다. 일부 특수한 사람은 치아가 아예 없는 경우도 있다.

제일 자세하게 적은 답변자는 '나는 강자이다'라는 사람이었다.

사람은 평생 유치와 영구치 두 개의 치열을 갖는다. 유치는 일반적으로 출생 후 6개월이 되면 맹출하기 시작하는데, 구강 내 총 20개의 유치가 30개월을 전후로 맹출한다. 영구치는 대략 만 6세 무렵에 맹출하기 시작하기 때문에, 첫 번째로 맹출한 영구 어금니를 '6세 어금니'라고 한다. 유치는 전치부터 점차 탈락하고 영구치와 교환되어 보통 만 12세 전후에 전체 영구 치열이 완성된다. 이 시기에 형성되는 영구 치열은 사람이 평생 사용하는 치열이기 때문에 주의 깊게 관리해야 한다.
모든 사람은 32개의 영구치를 가지고 있는데, 실제로 사용 가능한 치아는 28개이다. 치아가 한두 개 탈락할 경우에는 전체 건강에 큰

영향을 주진 않지만, 치아가 점차 탈락하여 20개 이하가 되면 신체의 여러 기능에 영향을 미치게 된다. 그러므로 탈락한 치아는 반드시 즉시 치료하여 원상복귀시켜야 한다. 구강 내에서 실제 기능을 하는 치아 수가 20개 이상 유지될 경우 사람의 노화 속도가 감소하여 수명 연장에 도움이 된다. 사람의 치아 수가 20개 미만일 경우, 음식물 섭취 시 충분한 저작 운동을 하지 못해 소화 기능에 영향을 줄 수 있으며, 발화 시 발음에도 악영향을 미칠 수 있다. 또한, 외관에 영향을 주어 나이보다 늙어 보일 가능성이 있으므로 심리 상태에도 악영향을 미친다. 치아는 인체에 중요한 평형 기관 중 하나이다. 신체 활동을 많이 하거나 집중하여 두뇌 활동을 할 때 치아가 맞물린 상태를 유지하는데, 치아 수가 20개 미만인 경우 평형 기관에 영향을 미쳐 여러 활동 장애가 발생할 수 있으며, 실족하여 쉽게 넘어지는 현상이 나타날 수도 있다….

심지어 이 답변에는 연령대에 따라 어떤 치약을 사용해야 하는지 등 관련된 모든 문제에 대해 상세한 설명이 되어 있었다. 답변자가 적어놓은 묘사를 보고 매우 놀란 나는 속으로 앞으로는 치아를 잘 관리해야겠다고 다짐했다.

다른 이들도 치아 58개가 전부 우겐의 것이 아니며, 그 안에 분명 다른 이의 치아가 섞여 있다고 생각했다.

사원의 스님이 하다로 치아를 잘 싸서 우겐의 부모님에게 가져가 분별해달라고 부탁했다. 우겐의 부모님은 치아를 포함해 우겐과 관련된 물건은 이미 모두 다 찾아서 사원에 전달했으며, 거기엔 어릴 적 이갈이를 할 때 지붕 위나 다른 곳에 던진 유치도 들어 있다고 말했다. 그러면서 아들의 귀중한 치아에 타인의 치아가 섞여 들어갔다고 해도 이제는 골라내지 못한다고 덧붙였다. 공교롭게도 불탑이 거의 완성되기 직전이었기에 결국 사원의 주지 스님은 어쩔 수 없이 58개의 치아를 경서 등 봉안 물건과 함께 불탑 안에 넣었다.

불탑이 완성되자 당연히 많은 사람이 참배를 하러 갔고, 나도 종종 그곳에 참배하러 가곤 했다. 그게 우겐을 기리기 위해서였는지 아니면 어둠 속에 있는 그에게 나를 잘 돌봐달라고 부탁하기 위해서였는지는 잘 모르겠다.

그러던 어느 날 불탑을 돌다가 갑자기 어릴 적 일이 떠올랐다.

학교를 마치고 우리는 숙제를 하러 우겐의 집으로 갔다. 집에 도착해서 우겐은 나에게 먼저 수학 숙제를 하라고 하고 옆에서 참을성 있게 얌전히 기다리고 있었다. 내가 수학 숙제를 끝내면 이번에는 우겐이 열심히 그것을 베낄 시간이다. 갑자기 이틀 전부터 흔들리던 치아가 다시 아파오기 시작했다. 나는 너무 아픈 나머지 참지 못하고 소리를 질러댔다.

우겐이 밖으로 나가 자신의 아버지를 불러왔다. 아저씨가 내 치아를 살펴보고는 말씀하셨다.

"이제 빼도 되겠어."

이렇게 말씀하시고는 가느다란 실을 가지고 와서 흔들리던 치아에 동여매고는 내게 이런저런 잡다한 얘기를 건네기 시작했다.

입안이 살짝 아프다고 느꼈을 때, 흔들리던 치아는 이미 우겐 아버지 손에 있었다.

아저씨는 웃으며 치아를 나에게 건넸다.

"양털로 잘 싸서 천창 밖 지붕에 던지렴."

나는 양털로 싼 치아를 들고 천창 밑으로 가서 위를 올려다보고는 어떻게 던져야 천창 밖으로 잘 던질 수 있을까 살펴보았다.

우겐의 아버지가 웃으며 말씀하셨다.

"던지기 전에 뭐라고 말해야 하는지 알지?"

나는 대답했다.

"물론이죠."

내가 살던 곳엔 민간에 전해지는 미신이 있다. 천창 밖 지붕에는 아이들의 치아만 전문적으로 담당하는 신이 있어서 주문을 외운 후 치아를 던지면 예쁜 치아가 자란다는 내용이다. 우겐과 아저씨는 모두 나를 보고 있었다. 나는 양털로 감싼 치아를 하늘로 들어 올리고는 작은 소리로 주문을 외웠다.

'못생긴 개 이빨을 드릴 테니, 순백색의 상아를 내려주세요. 못생긴 개 이빨을 드릴 테니, 순백색의 상아를 내려주세요.'

이렇게 두 번을 반복한 후, 치아가 양털과 함께 밑으로 떨어지지 않도록 위로 힘껏 던졌다. 우겐과 우겐의 아버지는 정확히 잘 던졌다며 칭찬해줬다.

이 일이 생각나자 다른 일도 떠올랐다.

우겐이 활불로 인정을 받은 후에 사원에서 스님 몇 분이 우겐의 집을 찾아가 보내주신 물건 가운데 치아 몇 개가 부족하다며 우겐의 집 지붕에 올라가 한참을 찾았다. 결국 우겐의 유치를 몇 개 찾아내고는 무슨 보물이라도 찾은 듯 가지고 돌아갔었다.

이런 생각이 들었다. 우겐의 집 옥상에 던진 내 유치도 분명 사원의 스님들이 주워 갔으며, 지금은 장엄한 불탑 안에서 우겐의 귀중한 치아와 함께 수많은 신자의 고두를 받고 있을 거라고 말이다.

아홉 번째

남자

용우파엔이 자신의 첫 번째 남자 이야기를 하나도
숨김없이 아홉 번째 남자에게 말하자,
아홉 번째 남자는 미소를 지으며 말했다.
"그게 바로 남녀가 서로 끌리는 이유야. 아무리
막으려고 해도 막을 수 없는 거지. 나도 그래서 너를
만나게 된 거고."

이 남자를 만나기 전에 용우파엔雍措은 남자들을 대하는 데 자신이 없었다.

이 남자는 그녀의 아홉 번째 남자다.

용우파엔의 첫 번째 남자는 승려였다. 그해 용우파엔은 열여 덟이었다. 어떻게 된 일인지 얼떨결에 승려와 가까운 사이가 되었다. 마을에서 예쁜 편이었기에 온 마을 청년들은 용우파엔의 관심을 끌기 위해 노력했다. 용우파엔이 승려와 교제한다는 사실이 알려지자 마을 사람들은 남녀노소 할 것 없이 다들 의아해했고 세상에는 설명할 수 없는 일들이 많다고 입을 모았다.

남자는 용우파엔보다 두 살이 많았다. 하지만 남녀 사이의 일에는 경험이 전혀 없었다. 용우파엔은 두 살 어렸지만, 마을에서 남녀 사이의 일에 대해 들어왔기 때문에 대충은 알고 있었고, 또 어리석지만 환상도 품고 있었다.

용우파엔의 주도로 두 사람은 온 하늘의 별빛이 쏟아지는 들판에서 조심스럽게 첫 경험을 했다.

첫 경험을 하고 나서 용우파엔은 실망감을 감출 수 없었다. 전 과정이 조급하게 진행된 데다가 사람들이 말하는 것처럼 신비하지도 않았기 때문이다.

첫 경험을 하고 나서 남자는 뜻밖에도 눈물 콧물 다 쏟아내며 아이처럼 엉엉 울기 시작했다.

용우파엔은 양심의 가책을 느꼈다. 자신이 충동적인 행동으로 계율을 잘 지키던 승려의 앞길을 막아버린 것 같았기 때문이다.

무슨 말이라도 해서 위로하고 싶었지만 적당한 말이 떠오르지 않자 결국 이렇게 말했다.

"나는 죄업이 무거운 여자라 분명 지옥에 떨어질 거야."

남자는 뜻밖에도 그녀의 손을 꼭 잡더니 말했다.

"나는 계율을 깨뜨렸기 때문에 우는 게 아니야. 이렇게 좋은 기분을 이제야 느꼈다는 게 안타까워서 그래. 네 덕분에 나는 인생의 아름다움을 알게 됐어. 넌 절대 지옥에 떨어지지 않을 거야. 분명 천당에 갈 거야. 넌 정말 좋은 사람이야. 널 좀 더 일찍 알았다면 정말 좋았을 텐데."

용우파엔이 자신의 첫 번째 남자 이야기를 하나도 숨김없이 아홉 번째 남자에게 말하자, 아홉 번째 남자는 미소를 지으며 말했다.

"그게 바로 남녀가 서로 끌리는 이유야. 아무리 막으려고 해도 막을 수 없는 거지. 나도 그래서 너를 만나게 된 거고."

이 말을 들은 용우파엔은 얼굴이 마비된 것처럼 어떤 표정도 지을 수 없었다.

용우파엔의 두 번째 남자는 여자한테 버림받은 남자였다.

남자의 여자는 다른 남자와 눈이 맞아 달아났지만, 그는 여자를 잊지 못해 속으로 그리워하면서 자신이 세상에서 제일 외로운 사람이라고 생각했다.

혼자 외로울 때면 남자는 그 여자와 비슷하게 생긴 용우파엔을 찾아와 이런저런 얘기를 털어놓았다. 남자는 양 갈래로 길게 땋은 용우파엔의 머리를 쓰다듬는 걸 좋아했다.

용우파엔 때문에 승려가 계율을 깨뜨리고 환속했기에 마을 사람들은 그녀에게 불길한 여자라고 손가락질하면서 지옥에 떨어질 거라고 저주를 퍼부었다. 용우파엔도 진짜 그럴 수 있다고 가끔 생각했다. 하지만 환속한 승려가 그녀에게 진심으로 잘 해줬고 그녀도 만족했기 때문에 그런 험담들은 전혀 신경 쓰지 않았다. 마을 사람들은 환속한 승려에게도 매몰차게 대했다. 승려는 아주 높은 위치에서 순식간에 밑바닥으로 떨어진 느낌을 받았을 것이다. 얼마 후 그런 비난을 견딜 수 없었던 남자는 결국 용우파엔을 버리고 자기를 아는 사람이 한 명도 없는 곳으로 남몰래 떠났다.

그래서 여자에게 버림받은 남자가 하소연을 하러 용우파엔을 찾아왔을 때, 용우파엔도 속으로 아주 극심하게 외로움을 느끼고 있었고 결국 그 남자와 함께하게 되었다.

　남자는 종종 용우파엔을 예전 여자의 이름으로 잘못 불렀다. 그럴 때마다 용우파엔은 기분이 좋지 않았지만, 남자가 잘 대해주었기 때문에 마음대로 부르도록 내버려두었다.

　남자가 이름을 잘못 부르는 것에 적응하고 잘 지내보려고 할 때쯤 남자의 예전 여자가 돌아왔다.

　여자는 아주 난폭했다. 양 갈래로 땋은 용우파엔의 머리를 꽉 쥐고선 남자 앞에서 이리저리 마구 잡아당겼다. 남자도 그저 보고만 있을 뿐 아무런 행동도 하지 않았다.

　용우파엔은 눈물을 글썽이며 남자 앞에 서서 남자의 얼굴을 뚫어져라 쳐다봤다.

　남자는 고개를 푹 숙인 채 말했다.

　"난 그저 네가 그녀와 닮아서 만났던 거야. 이제 그녀가 돌아왔으니 나도 돌아갈 거야."

　용우파엔은 여자의 머리가 자신과 똑같은 양 갈래 땋은 머리라는 걸 그제야 발견했다.

　용우파엔이 자신의 두 번째 남자 이야기를 하나도 숨김없이 아홉 번째 남자에게 말하자, 아홉 번째 남자는 분노하며 말했다.

　"그놈은 정말 사람도 아니네!"

아홉 번째 남자의 이 말을 듣고 용우파엔은 그를 한 번 쳐다 봤다.

용우파엔의 세 번째 남자는 산호 목걸이를 파는 장사꾼이었다. 남자의 손에는 피처럼 붉은 선홍빛의 산호 목걸이가 잔뜩 걸려 있었다. 남자는 갖가지 목걸이를 하나씩 자신의 목에 걸고는 마을 골목을 이리저리 마구 뛰어다니며 쉬지 않고 "산호 목걸이 사세요. 산호 목걸이에요."라고 외쳤다.

마을 여자들에게 산호 목걸이를 갖는다는 건 일생의 꿈같은 일이었다.

"산호 목걸이 사세요. 산호 목걸이에요."라고 외치는 산호 장사꾼의 목소리가 자기 집 문 앞을 지나갈 때면 여자들은 참지 못하고 항상 문틈 사이로 몰래 훔쳐보거나 아예 장사꾼 꽁무니를 쫓아다니기도 했다.

산호 장사꾼이 물건 사라고 외치는 목소리가 마을에 울려 퍼지는 순간, 마을 남자들은 바로 이 순간을 제일 두려워했다. 마을 남자들에게 산호 장사꾼은 어금니를 꽉 깨물고 참아야 하는 원망의 대상이었다. 가난한 몇몇 남자들은 산호 장사꾼이 또 나타나기 전에 아예 다리몽둥이를 부러트려 다시는 마을에 발도 못 붙이게 해야 한다며 쑥덕거리기도 했다. 하지만 보통 산호 장사꾼이 올 시간이 되면, 마을 남자들은 주로 자기 여자를 산에 보내곤 했다. 가서 풀을 베라고 하든지, 양을 방목하게 한다든지 혹은 다른 일을 하라고 산으로 보내버린다. 한마디로 여자들이 산호 장사꾼을 아예 보지 못하도록, 혹은 물건 사라고 외치는 목소리를 아예 듣지 못하도록 온갖 방법을 동원하는 것이다. 그러니 이 마을에서 산호 장사꾼의 수입이 어땠는지는 안 봐도 충분히 짐작할 수 있다.

바로 이런 상황일 때 용우파엔은 산호 장사꾼을 우연히 만났다.

용우파엔은 산호 장사꾼의 물건 파는 소리에 자신도 모르게 이끌려 나간 여자 중 하나였다. 산호 장사꾼의 물건 파는 소리가 마을에 울려 퍼지자 용우파엔도 바로 뛰쳐나왔다. 산호 장사꾼의 목에 걸려 있는 목걸이를 보면서 '저 산호 목걸이가 내 목에 걸려 있으면 얼마나 좋을까?' 속으로 생각했다.

이미 두 남자와 경험이 있었지만, 그녀는 고작 스무 살이었다. 산호 목걸이를 갖고 싶다는 욕망을 숨기지 못하고 속마음을 그대로 밖으로 드러내고 말았다.

이 모습을 본 장사꾼이 물었다.

"산호 목걸이 마음에 들어?"

용우파엔은 속마음을 전혀 숨기지 않았다.

"마음에 들어요!"

장사꾼이 말했다.

"그럼 아가씨 남자한테 사달라고 해."

용우파엔이 얼굴을 붉히며 말했다.

"남자가 없어요."

장사꾼은 말했다.

"아가씨처럼 예쁜 사람이 왜 남자가 없어?"

붉어졌던 얼굴이 다시 하얘졌다.

"몰라요."

장사꾼은 잠시 생각하더니 자신의 목에 걸려 있는 산호 목걸이를 가리키며 말했다.

"어느 게 제일 마음에 들어?"

잠시 머뭇거렸지만 이내 그녀의 눈빛은 장사꾼 목에 걸린 수많은 산호 목걸이 위에서 끊임없이 흔들렸고 결국 그중 하나를 가리켰다.

"이거요."

산호 장사꾼은 웃으며 말했다.

"안목이 높네. 이게 제일 좋은 거야."

용우파엔이 말했다.

"전 이게 마음에 들어요."

산호 장사꾼이 말했다.

"이건 산호 서른 알로 만든 거야. 알알이 최상급이지."

용우파엔은 입을 다물었다.

산호 장사꾼은 눈을 가느스름하게 뜨고선 말했다.

"아가씨 용모가 꽤 출중한데, 이렇게 하지. 나와 같이 서른 밤을 보내면, 산호 30알로 만든 목걸이는 아가씨 게 되는 거야.

어때?"

용우파엔은 얼굴만 붉힐 뿐 말이 없었다.

서른 밤이 지나고 산호 30알로 만든 목걸이는 용우파엔의 목에 걸리게 되었다.

마을의 여자들은 용우파엔을 부러워하면서도 손가락질하며 비난했고, 심지어 뒤에서 침을 뱉으며 욕설을 퍼붓기도 했다.

용우파엔이 자신의 세 번째 남자 이야기를 하나도 숨김없이 아홉 번째 남자에게 말하자, 아홉 번째 남자는 경멸에 찬 목소리로 말했다.

"장사꾼치고 멀쩡한 놈이 하나도 없어. 전부 악덕 장사꾼이라니까!"

아홉 번째 남자의 이 말을 듣고는 용우파엔은 다시 한번 그를 쳐다봤다.

용우파엔의 네 번째 남자는 트럭 기사였다. 그는 마을의 물건을 도시로 실어 나르고, 또 도시의 물건을 마을로 다시 실어 오곤 했다. 용우파엔의 목에 산호 목걸이가 걸린 이후, 이런저런 기회를 만들어 그녀에게 온갖 달콤한 말로 아부하던 경박한 남자들도 더는 그녀를 찾지 않았다. 저 멀리서 보이기만 해도 경멸의 눈초리로 쳐다보며 피했다. 마을의 여자들도 마찬가지였다. 누구 하나 먼저 그녀에게 말 거는 사람이 없었다.

용우파엔은 그녀의 두 번째 남자가 자주 말했던 외로움이 어떤 기분인지 어느 정도 이해할 수 있었다. 이리저리 생각해보니 결국 이 모든 게 자신의 목에 걸린 산호 목걸이 때문에 생긴 일이라는 생각이 들었다. 그녀는 산호 목걸이를 풀어 다시 한번 자세히 살펴보았다. 그래도 여전히 아름답게 보이자 조금도 망설이지 않고 다시 자신의 목에 걸었다. 첫 번째 남자가 그랬던 것처럼 자신을 아는 사람이 한 명도 없는 곳으로 떠나고 싶다는 생각이 간절했다. 더구나 마을 밖 세상은 훨씬 넓고 아름답다는 얘기도 진작 들었던 터였다.

사람들이 즐겨 부르던 노래가 머릿속에 떠올랐다.

야야야
하늘에 무지개가 걸렸네
황금 다리처럼 보이는구나
이제 큰 산에서 벗어나
바깥세상을 보러 가야지

용우파엔의 머릿속에는 뭐가 무지개고 뭐가 황금 다리인지 그려지지 않았다. 아무리 생각해도 트럭 기사만 떠올랐다. 트럭 기사가 산으로 둘러싸인 마을에서 자신을 데리고 나갈 수 있는 유일한 사람이라고 생각했다.

용우파엔은 트럭 기사를 찾아가 자신이 원하는 바를 말했다. 트럭 기사는 그녀의 목에 걸린 산호 목걸이를 쳐다보며 아무 말이 없었다.

용우파엔이 말했다.

"산호 목걸이 뺏을 생각은 하지도 말아요."

그러자 트럭 기사는 다시 그녀의 얼굴을 쳐다보았다.

용우파엔이 말했다.

"그래도 보답은 꼭 할게요."

트럭 기사는 그녀에게 해가 뜰 때쯤 마을 입구에서 기다리라고 했다.

용우파엔은 알 수 없는 긴장감으로 가득 차서 한숨도 자지 못하고 뜬눈으로 밤을 지새우고 아침 일찍 마을 입구로 나갔다.

동이 트려고 하자 그제야 트럭 기사가 트럭을 몰고 왔다. 트럭 기사는 어쩐지 조금 정신이 없어 보였다.

트럭 기사는 작은 병 하나를 꺼내 뚜껑을 열고 한 모금 마셨다.

술 냄새가 용우파엔의 코를 찔렀지만 그래도 물었다.

"그게 뭐예요?"

"술."

트럭 기사가 대답하고 또 한 모금 들이켰다.

용우파엔은 그를 보면서 아무 말도 하지 않았다.

트럭 기사는 말했다.

"매일 출발하기 전에 두 모금씩 마시지."

말을 끝내더니 트럭이 움직이기 시작했다.

트럭이 도로에 들어서자 트럭 기사는 유난히 정신이 맑아 보였다. 오히려 용우파엔은 쿨쿨거리며 깊은 잠에 빠지고 말았다.

용우파엔이 눈을 떴을 때 트럭은 사방이 탁 트인 곳에 세워져 있었다. 눈부시게 환한 햇살이 사방에서 내리쬐는 바람에 눈을 제대로 뜰 수가 없었다. 트럭 기사는 그녀의 옷을 서둘러 벗기며 그녀를 안을 준비에 한창이었다. 그녀는 어떤 반항도 하지 않았다. 그저 가늘게 눈을 뜨고는 마지못해 누워서 그가 마음대로 하도록 내버려두었다.

트럭 기사는 처음부터 끝까지 정성을 들이며 순서대로 진행하더니 마지막엔 떨리는 목소리로 말했다.

"내가 만난 여자 중에 네가 제일 예뻐."

눈을 가느다랗게 뜬 용우파엔이 그를 한 번 쳐다봤다. 남자의 그런 모습이 재미있다는 생각이 들었다.

"여자를 몇 명이나 만나봤어요?"

트럭 기사는 여전히 떨리는 목소리로 대답했다.

"몰라. 기억 안 나. 아무것도 기억이 안 나."

용우파엔은 소리 내어 웃었다.

트럭 기사의 목소리는 여전히 떨리고 있었다.

"하지만 너 같은 여자를 만났으니까 이번 생은 그걸로 충분해."

사거리에 도착한 트럭이 멈춰 섰다. 트럭 기사가 말했다.

"여기가 바로 시내야."

용우파엔은 깜짝 놀라 눈이 휘둥그레졌다. 이렇게 많은 사람이 오가는 모습을 지금껏 한 번도 본 적이 없었고, 이렇게 수많은 트럭이 높은 빌딩처럼 포개져 있는 광경은 꿈에서도 보지 못했다.

용우파엔이 차에서 내리려고 하자 트럭 기사는 헤어짐을 못내 아쉬워했다.

"나랑 같이 가자. 내가 매일 이곳에 데려다줄게. 여기 말고 다른 도시에도 데려다줄게."

용우파엔은 웃었다.

"아저씨랑 같이 있으면 불편해요. 계속 삼촌이랑 같이 있는 느낌이거든요."

트럭 기사는 더는 말이 없었고 얼굴에서 표정이 사라졌다.

운전석 쪽에서 뛰어내린 용우파엔이 사거리에 서 있었다.

트럭 기사는 그녀를 불러 세우더니 목에 걸린 산호 목걸이를 쳐다보며 말했다.

"조심해."

용우파엔이 자신의 네 번째 남자 이야기를 하나도 숨김없이 아홉 번째 남자에게 말하자, 아홉 번째 남자는 대수롭지 않다는 듯 대충 말했다.

"악덕 장사꾼에 비하면, 이 트럭 기사는 그런대로 온순한 사람이네."

126

아홉 번째 남자의 이 말을 들은 용우파엔은 마치 무언가를 생각하는 것 같았다.

　　용우파엔의 다섯 번째 남자는 잘생긴 남자였다. 그는 항상 도시의 사거리에 있었다. 용우파엔이 트럭에서 내리고 사거리에 서서 눈앞의 신기한 세상을 바라보던 그때도 잘생긴 남자는 그녀의 앞에 있었다. 트럭이 출발하기도 전이었다.

　　트럭 기사는 잘생긴 남자를 한번 쳐다보더니 용우파엔을 보며 말했다.

　　"진짜 조심해!"

　　잘생긴 남자가 트럭 기사를 한번 보더니 용우파엔에게 물었다.

　　"네 삼촌이셔?"

　　용우파엔이 대답했다.

　　"어떻게 알았어요?"

　　"어른처럼 챙기는 거 같아서."

　　용우파엔은 트럭 기사를 한번 쳐다보고 다시 잘생긴 남자에게 말했다.

　　"맞아요. 정말 똑똑하시네요. 우리 삼촌이에요."

　　트럭은 '부릉' 하는 통곡 소리를 내면서 출발했다.

　　용우파엔과 잘생긴 남자는 트럭 꽁무니에서 뿜어져 나오는 검은 연기를 보며 크게 웃었다.

잘생긴 남자는 사거리에 서서 용우파엔에게 여러 가지 재미있는 이야기를 들려주었다. 전부 수준 높은 이야기였다. 용우파엔이 평소 마을에서 듣던 얘기들은 전부 저속한 저질 얘기들뿐이었다. 듣고 나면 낯이 뜨거워 차마 소리 내 웃지도 못할 정도의 수준 낮은 얘기였다. 용우파엔은 지금껏 단 한 번도 이렇게 수준 높고 재미있는 이야기를 들어본 적이 없었던 터라 거침없이 즐겁게 웃기 시작했다.

그런 용우파엔의 모습을 지나가는 사람들은 신기하다는 듯 쳐다봤다.

이상한 시선을 느낀 용우파엔은 얼른 잘생긴 남자에게 물었다.

"지금 사람들이 내 목에 걸린 예쁜 산호 목걸이 때문에 날 보는 거예요?"

잘생긴 남자는 산호 목걸이는 거들떠보지도 않고 대답했다.

"도시에서 이런 목걸이는 대단한 게 아니야. 여자들 전부 하나씩은 가지고 있을걸."

용우파엔은 지나가는 여자들을 자세히 살펴보더니 다시 물었다.

"근데 목걸이를 한 사람이 왜 없어요?"

"도시 여자에겐 그런 건 흔해빠진 거라 그래. 귀중한 게 아니니까 하고 다니지도 않는 거지. 그냥 옷장에 잘 놔뒀다가 작은 산호라도 낳으면 고향에 있는 가난한 친척에게 나눠주던가 하는 거야."

깜짝 놀란 용우파엔이 또다시 물었다.

"지금 산호가 작은 산호를 낳는다고 했어요?"

그제야 잘생긴 남자가 그녀에게 다가가 목에 걸린 산호 목걸이를 한번 보고는 말했다.

"딱 보니까 네 목걸이가 바로 도시에 있는 큰 산호가 낳은 작은 산호네."

용우파엔은 크게 실망한 것 같았다.

잘생긴 남자는 용우파엔을 위로하며 말했다.

"그래도 작은 산호 중에 네 게 제일 큰 거 같아."

"큰 산호가 낳은 작은 산호로 만든 목걸이라서 사람들이 날 보고 그렇게 웃은 거예요?"

"아니. 그건 아니야. 네가 예뻐서 웃은 거야."

용우파엔은 그 말을 믿지 못하겠다는 듯 지나가는 여자들을 쳐다봤다.

"하지만 여자들 전부 저보단 훨씬 예쁜데요? 살결이 얼마나 하얀지 꼭 하늘에서 내린 눈 같아요."

잘생긴 남자가 웃으며 말했다.

"여기 있는 어떤 사람도 너보다 예쁘지는 않아. 너랑 비교하면 저 여자들은 도축장에 걸려 있는 허여멀건 돼지고기나 마찬가지야."

용우파엔은 얼굴이 달아올라 주변에 지나가는 여자들의 얼굴을 감히 쳐다볼 수가 없었다.

잘생긴 남자가 말했다.

"이것 봐. 너 이러니까 더 예쁘다."

이때 경찰 한 명이 다가와 잘생긴 남자에게 말했다.

"이봐, 매번 훤한 대낮에 사거리에서 뭐하는 거야? 여자들한테 집적거리지 좀 마. 여기서 이러면 교통 질서에 영향을 주잖아."

잘생긴 남자가 말했다.

"사촌 여동생이에요. 시골에서 왔는데 지금 데리고 다니면서 견문을 넓혀주고 있다고요."

경찰은 엄숙하게 말했다.

"한 번 더 교통질서를 어지럽히면, 당장에라도 체포하겠어."

잘생긴 남자가 말했다.

"저녁에 술 살 테니 좀 봐줘요. 흑묘 술집에서 만나요."

경찰은 피식하며 웃더니 용우파엔을 한 번 쳐다보았다.

"얼른 가봐. 저녁에 여동생도 꼭 데리고 나오고."

흑묘 술집은 사거리에서 멀지 않은 곳에 있었다. 어둠이 내려앉자 길모퉁이 한구석에서 모습을 드러냈다.

용우파엔은 흑묘 술집 입구에 있는 형형색색의 네온사인을 보며 신기해했다. 용우파엔이 잘생긴 남자에게 물었다.

"낮에는 왜 이 술집이 없었죠?"

잘생긴 남자는 수수께끼처럼 말했다.

"이 도시는 이렇게 환상으로 가득하단다."

용우파엔은 잘생긴 남자와 함께 술집에 들어가서 또 한 번 놀라 굳어버리고 말았다.

"이렇게 이상한 사람들이 왜 낮에는 보이지 않았죠?"

잘생긴 남자는 웃으며 말했다.

"이 사람들은 다른 세상 사람들이라서 저녁에만 나와."

예전에 밤에만 나오는 건 귀신밖에 없다고 들었다. 하지만 이들이 설화 속의 귀신과 비슷해 보이지는 않았다.

잘생긴 남자가 용우파엔과 함께 어두컴컴하고 외진 곳에 자리를 잡고 앉자 낮에 만났던 경찰이 다가왔다. 여전히 경찰 제복을 입고 있었지만, 낮에 보았던 엄숙함은 찾아볼 수가 없었다. 경찰이 맞은편에 앉으며 말했다.

"이봐, 사촌 여동생하고 한잔 하게 해줘. 오늘 밤은 내가 살게."

그러나 잘생긴 남자가 재빨리 말했다.

"여동생이 아직 어려요. 나중에 좀 더 크면 그때 같이 드세요."

"너무 박하게 구네."

잘생긴 남자는 똑같은 말만 되풀이했다.

"여동생이 아직 어려서요. 어려서 안 돼요."

경찰은 몸을 틀어 용우파엔에게 물었다.

"진짜 사촌 오빠야?"

용우파엔은 힘껏 고개를 끄덕였다.

경찰이 말했다.

"여동생을 데리고 이런 곳에 오다니, 말도 안 돼."

잘생긴 남자가 말했다.

"견문을 넓히려는 거예요. 이런 곳이 있다는 것도 알아야죠."

경찰이 술을 잔뜩 시키고, 두 사람은 술을 퍼붓기 시작했다.

용우파엔은 처음에 술이 맛이 없어서 입에도 대지 않으려 했다. 하지만 조금씩 마시다 보니 괜찮은 것 같다는 생각이 들었고, 마시면 마실수록 더 달게 느껴졌다.

용우파엔이 '술이 정말 달다'고 느꼈을 때, 술집에서 일어난 모든 일은 기억에서 송두리째 사라지고 없었다.

용우파엔이 눈을 떴을 땐 이미 이튿날 아침이었다. 그녀는 실오라기 하나 걸치지 않은 채 커다란 침대 위에 누워 있는 자신을 발견했다. 머리가 바위처럼 무거워 고개를 들 수가 없었다. 애써 겨우 고개를 들었더니 아무렇게나 바닥에 널브러진 자신의 옷이 눈에 들어왔다. 하지만 그녀의 목에 있던 산호 목걸이는 아무리 찾아도 보이지 않았다.

용우파엔이 사거리에 도착했을 때, 그 경찰은 한창 임무 수행 중이었다.

용우파엔이 경찰에게 물었다.

"잘생긴 남자는요?"

경찰은 웃으며 되물었다.

"아, 어제 그 남자?"

"네. 맞아요."

경찰은 계속 웃으며 말했다.

"네 사촌 오빠를 내가 어떻게 알아?"

"모르는 사람이에요."

"어제 계속 같이 있었잖아."

"어제 처음 만났어요."

경찰은 고개를 저으며 말했다.

"요즘 젊은 것들이란!"

용우파엔이 말했다.

"내 산호 목걸이가 사라졌어요."

"진짜 산호야?"

"진짜예요. 잘생긴 남자 말이 도시의 큰 산호가 낳은 거라고 했어요."

경찰은 큰 소리로 웃기 시작했다.

"그 녀석, 그럴듯하게 지어냈네."

조급해진 용우파엔이 물었다.

"그 남자 어디 살아요?"

경찰은 웃음을 멈추고는 말했다.

"아마 못 찾을 거야. 오늘 아침에 라싸로 가는 차를 잡아타고 가버렸어. 진작 떠났어."

용우파엔은 울음을 터트렸다.

"아저씨가 저 대신 좀 찾아주세요."

"난 교통경찰이라 그런 것까지 관여하지 않아."

용우파엔이 계속 울고 있자 몇몇 사람들이 그녀를 에워싸기 시작했고, 긴장한 경찰은 그녀에게 마을로 돌아가라고 했다.

경찰은 사거리에서 진지하게 용우파엔에게 길 하나를 알려주었고, 용우파엔은 경찰이 가르쳐준 길을 따라 집으로 돌아갔다.

용우파엔이 자신의 다섯 번째 남자 이야기를 하나도 숨김없이 아홉 번째 남자에게 말하자, 아홉 번째 남자는 몹시 화를 내며 말했다.

"그런 감언이설로 어린 여자를 속이다니. 정말 역겨워!"

아홉 번째 남자의 이 말을 듣고, 용우파엔은 마치 무언가를 회상하는 것 같았다.

용우파엔의 여섯 번째 남자는 양치기 소년이었다. 양치기 소년은 사실 어리지 않았다. 서른 살이 넘었지만 여전히 독신인 탓에 습관처럼 계속 '양치기 소년'이라고 불렸다.

양치기 소년은 고아다. 어렸을 때부터 마을 사람들의 양을 방목하기 시작하여 지금까지 해오고 있다. 또래 청년들은 모두 진작 결혼해 독립했지만, 아무도 그에게 아내를 얻으라는 말을 하지 않았기에 남자는 계속 남의 양을 방목하는 일을 했다. 또래 여자들도 평소 그에게 쌀쌀맞게 대했으므로 남자는 그들에게 몇 마디 장난을 걸거나 혹은 치근거리는 것조차 귀찮아했다. 그러다 보니 점점 과묵한 사람이 되어갔다.

용우파엔은 경찰이 알려준 길을 따라 마을까지 걸어왔다. 오는 내내 한 끼도 먹지 못했기 때문에 지칠 대로 지쳐 금방이라도 쓰러질 것 같았다. 그때 산비탈에서 양을 방목하고 있는 양치기 소년을 만났다.

용우파엔은 양치기 소년이 다가오는 모습을 보고 안도감이 들어 그대로 기절하고 말았다. 쓰러지지 않으려 애써 정신을 붙잡고 있던 차였다.

양치기 소년은 자신의 물통을 열어 용우파엔의 입 안으로 물을 조금씩 부었다. 그러면서도 감히 그녀의 얼굴을 쳐다보지 못했다.

의식을 차린 용우파엔이 양치기 소년을 보며 웃었다. 이렇게 아름다운 여자가 자신을 보며 웃은 게 처음인 탓에 양치기 소년은 갑자기 현기증이 나서 어쩔 줄 몰라 했다.

용우파엔도 양치기 소년의 일을 들은 적이 있다. 하지만 자신이 이렇게 양치기 소년 품에 안기게 될 거라고는 전혀 생각지 못했다. 어쨌든 아는 얼굴을 만나게 되자 심지어 감격스러운 느낌마저 들었다.

양치기 소년은 비상식량을 꺼내 용우파엔에게 건넸다. 그것을 받아들고 용우파엔은 게걸스럽게 먹기 시작했다. 하나둘씩 먹기 시작해 결국엔 양치기 소년이 챙겨온 모든 음식을 먹어버리고 말았다.

양치기 소년은 용우파엔 때문에 하루 종일 쫄쫄 굶어야만 했지만 그래도 전혀 배가 고프지 않았다. 오히려 남의 음식을 전부 먹어버린 용우파엔이 죄책감에 휩싸이고 말았다. 그래도 이날은 양치기 소년에겐 정말 행복한 하루였다.

해가 서쪽으로 기울기 시작하자 양치기 소년은 용우파엔을 등에 업은 채 양을 몰고 산에서 내려왔다. 마을 입구에 도착하자 양치기 소년은 머뭇거리며 물었다.

"어디 갈 거야? 내가 데려다줄게."

용우파엔은 잠시 생각하더니 입을 열었다.

"너희 집으로 가자."

양치기 소년은 용우파엔을 업은 채 가만히 서서 움직이지 않았다. 양 무리가 저 멀리 가버리고 있었지만 그래도 꿈쩍하지 않았다.

용우파엔이 말했다.

"데려가기 싫어?"

양치기 소년은 다시 움직였다. 천천히 뛰기 시작하더니 금세 양 무리를 따라잡았다.

그날 밤 양치기 소년의 초라한 집에서 용우파엔은 스스로 자신의 몸을 양치기 소년에게 맡겼다.

그러고 나서 양치기 소년은 마치 무슨 의식이라도 치르는 듯 용우파엔에게 머리를 세 번 조아린 후 진지한 표정으로 말했다.

"넌 내게 백색 타라*나 다름없어. "

용우파엔은 웃었다.

"나처럼 평범한 사람을 신이랑 비교하면 어떡해? 죄짓는
거야."

양치기 소년은 또다시 용우파엔을 보며 세 번 머리를 조아린
후 아무 말도 하지 않았다.

용우파엔이 말했다.

"이제 불필요한 산호 목걸이가 없으니까 나도 다른 마을 여
자들하고 똑같아."

양치기 소년이 말했다.

"넌 다른 여자들보다 아름다워. 산호 목걸이 했을 땐 훨씬 더
예뻤어."

"산호 목걸이를 하고 있을 때, 날 싫어하지 않았어?"

"내 눈엔 항상 여신처럼 보였어."

이때부터 용우파엔은 양치기 소년과 함께 살았다.

마을의 남자들은 양치기 소년에게 부러운 눈빛을 던졌고 마
을의 여자들은 용우파엔에게 더욱 경멸의 눈빛을 보냈다.

양치기 소년은 집에 와 저녁을 먹고 난 후, 가장 먼저 용우파
엔의 발을 씻겨주었다. 용우파엔은 정성껏 조심스럽게 발을 닦

* 티베트에서 대중적으로 모시는 여자 부처님으로 재난으로부터 구해주는 능
력이 있다.

는 남자의 모습이 참 좋았다. 남자는 잠자리에 들기 전 용우파엔에게 머리를 세 번 조아렸다. 처음엔 이런 행동이 낯설어 피해보려고 애썼지만, 시간이 지날수록 점점 익숙해지더니 나중엔 전혀 아무렇지도 않았다.

하지만 그 이후부터 동이 트기 전까지는 가장 견디기 힘든 시간이었다. 대체 어째서 이렇게 정력이 왕성하고 성욕이 강한지 알 수가 없었다. 이 시간만 되면 야수로 돌변한 남자는 잔뜩 신이 난다. 적어도 여섯 번의 잠자리를 해야만 그제야 만족하고 멈췄다. 매일 밤이 이런 식이었다.

매일 이런 밤을 보내다 보니 남자는 낮에 양을 방목하러 나가서도 항상 제정신이 아니었다. 산에 양을 풀어놓고는 그저 밀린 잠을 자기에 바빴다. 꿈속에서나 양을 방목했다. 양 몇 마리가 이리에게 물려 죽었을 때도 세상모르게 자고 있었다. 이런 상황이 알려지자, 양을 맡겼던 사람들도 더 이상 남자를 백 퍼센트 신뢰하지 않게 되었다. 심지어 어떤 사람들은 양을 되찾아가기도 했다.

처음에 용우파엔은 이것도 인생의 즐거움 중 하나라고 생각했다. 예전에 만났던 남자들 가운데 이런 쾌감을 안겨준 사람은 없었기 때문이다. 하지만 보름쯤 지났을까, 그녀는 이런 생활이 두려워지기 시작했다. 날이 저물기 시작하면 밤에 일어날 일들이 걱정되어 알 수 없는 불안감에 떨었다.

이런 생활이 한 달 남짓 이어지자 더는 버틸 자신이 없었다.

왕성한 정력과 강한 성욕으로 가득 찬 남자를 떠날 방법을 궁리했다.

용우파엔이 자신의 여섯 번째 남자 이야기를 하나도 숨김없이 아홉 번째 남자에게 말하자, 아홉 번째 남자는 웃으며 말했다.

"욕정이 활활 타오르는 것이 바로 남자들의 본성이지."

아홉 번째 남자의 이 말을 듣고, 용우파엔은 망연자실한 것 같았다.

용우파엔의 일곱 번째 남자는 마을의 싸움꾼 같은 사람이었다. 말보다 행동이 앞섰기 때문에 사람들은 그를 '강한 남자'라고 불렀다. 마을 여자들은 강한 남자를 싫어했고 마을 남자들은 다들 두려워했다. 예전에 어느 자리에선가 강한 남자가 용우파엔에게 남녀의 사랑 얘기를 늘어놓으며 적나라하게 구애한 적이 있었지만, 지금껏 용우파엔의 마음에 들지 못했다.

더는 양치기 소년의 괴롭힘을 견딜 수 없게 되자, 바로 강한 남자의 얼굴이 떠올랐다. 양치기 소년의 손아귀에서 자신을 구할 수 있는 유일한 사람이라는 생각이 들었다.

양치기 소년이 방목하러 나간 사이, 용우파엔은 강한 남자를 찾아가 말했다.

"날 구해주면, 당신 여자가 될게요."

강한 남자는 의아한 듯 물었다.

"양치기 소년하고 부부처럼 금실 좋게 살지 않았어? 갑자기 구해달라니 무슨 말이야? 그렇게 심각한 거야? 그런 건 아니지?"

용우파엔은 지금까지 일어난 일을 모조리 강한 남자에게 말했다.

남자는 얘기를 듣더니 놀랐는지 얼이 빠진 채 혼자 중얼거렸다.

"그 자식 정력이 그렇게 왕성한지 몰랐네."

날이 저물기 시작하자 용우파엔은 강한 남자를 데리고 양치기 소년 집 앞으로 갔다.

양치기 소년은 이미 지칠 대로 지쳐 툭 건들기만 해도 쓰러질 것 같았다. 강한 남자는 그를 보고 웃어버렸다.

양치기 소년이 물었다.

"왜 웃어?"

강한 남자는 말없이 계속 그를 보며 웃었다.

양치기 소년은 무안한지 고개를 돌려 용우파엔을 쳐다봤다.

용우파엔 손에는 작은 가방이 하나 들려 있었다. 그녀는 용기 내어 말했다.

"우리 헤어져요."

이 말을 들은 양치기 소년은 포효하더니 용우파엔에게 달려들어 그녀의 손에 있던 가방을 낚아챘다. 강한 남자는 그를 발로 차 바닥에 내동댕이쳤다.

양치기 소년은 다시 용우파엔에게 돌진했지만, 또다시 강한 남자에게 걸어차이고 말았다.

양치기 소년을 제압한 강한 남자가 입을 열었다.

"용우파엔은 이제 내 여자야. 이미 잠도 잤어. 앞으로 한 번만 더 치근덕거리면 다리몽둥이를 부러트려 놓을 테니 그리 알아."

용우파엔은 깜짝 놀라 강한 남자의 얼굴을 쳐다봤다. 강한 남자는 그녀를 보며 의미심장하게 웃었다. 양치기 소년은 용우파엔을 한번 보더니 큰 소리로 엉엉 울기 시작했다. 그 모습을 보니 용우파엔의 마음이 영 편치 않았다.

강한 남자가 용우파엔을 데리고 떠나려고 하자, 양치기 소년이 갑자기 격하게 달려들더니 용우파엔의 다리를 부둥켜안고선 가지 말라며 애원했다.

용우파엔은 가여운 생각이 들어 냉정하게 돌아서지 못하고 머뭇거렸다. 이때 강한 남자가 양치기 소년을 발로 걸어차고는 용우파엔의 손을 잡아끌었다. 멀리까지 걸어갔지만 양치기 소년의 울음소리가 계속 들려왔다.

헤어진 후 양치기 소년은 매일 양을 몇 마리씩 잃어버리기 시작했고, 결국엔 마을 사람들도 더는 그에게 양을 맡기지 않았다고 한다. 용우파엔은 몇 번이나 양치기 소년에게 가서 위로해주고 싶은 마음이 들었지만 끝내 가지는 않았다.

강한 남자는 건장한 체격에 불같은 성미의 소유자였지만 밤이 되면 오히려 무능하기 짝이 없는 남자였다. 예상치 못한 부분이었다. 용우파엔이 그의 무능함을 알아갈수록 강한 남자의 화풀이도 점점 더 심해졌다.

며칠 지나지 않아 용우파엔의 얼굴엔 하나둘씩 퍼런 멍이 생기더니 온몸에 성한 곳이 하나도 없게 되었다. 예전의 미모라곤 눈을 씻고 찾아봐도 찾을 수 없었다.

용우파엔은 강한 남자를 떠나기로 결심했다. 잠자리에서의 무능함을 동네방네에 알리겠다고 협박하기로 했다. 강한 남자는 금세 기가 죽더니 오히려 울먹이며 빌기 시작했다. 이것도 전혀 예상치 못했던 부분이었다. 결국 강한 남자는 그녀가 이 비밀을 지켜주기만 한다면 설령 자신을 떠나더라도 언제 어디서나 그녀를 지켜주겠다고 말했다.

용우파엔은 이렇게 아무런 저지 없이 순조롭게 일곱 번째 남자에게서 벗어날 수 있었다.

용우파엔이 자신의 일곱 번째 남자 이야기를 하나도 숨김 없이 아홉 번째 남자에게 말하자, 아홉 번째 남자는 이렇게 말했다.

"어떤 남자들은 겉으로는 강해 보이지만, 속은 한없이 약해 빠졌지."

아홉 번째 남자의 이 말을 듣고, 용우파엔은 마치 그 말이 진짜인지 생각하는 것 같았다.

용우파엔의 여덟 번째 남자는 마을에서 안분지족하며 착실하게 사는 사람의 외동아들이었다.

남자의 연로한 부모님이 아들에게 물었다.

"너 용우파엔을 색시 삼고 싶으냐?"

"전 좋지만, 그녀가 싫다고 할 걸요."

"예전하고 많이 다르지. 이젠 데려간다는 곳이 없을까 걱정해야 해."

외동아들은 그저 웃을 뿐이었다.

외동아들의 부모가 다시 물었다.

"용우파엔에게 네 아들을 낳아달라고 하고 싶으냐?"

"좋죠. 용우파엔을 닮은 아들이 태어나면 정말 예쁠 것 같아요."

이렇게 용우파엔은 이 집안의 며느리가 되었다.

몇 달이 지난 후 용우파엔의 배가 점점 부풀어 오르기 시작했다. 가족들은 그녀의 배를 보며 행복해 했다.

다시 몇 달이 지나자 아이가 태어났다. 온 집안이 그렇게 바라고 기다린 아들이었다. 하지만 아이는 태어난 지 얼마 되지 않아서 죽고 말았다.

다시 한 달이 지났다. 용우파엔이 집을 나왔다. 아무도 그녀를 잡지 않았다.

용우파엔이 자신의 여덟 번째 남자 이야기를 하나도 숨김없이 아홉 번째 남자에게 말하자, 아홉 번째 남자는 이렇게 말했다.

"엄마가 될 수 있는 기회였는데 아쉽네. 근데 어머니가 되면 뭐?"

아홉 번째 남자의 이 말을 듣고, 용우파엔은 침착하게 말했다.

"다른 사람한테도 다 들은 얘기겠지만, 내가 만난 남자는 이게 다예요."

아홉 번째 남자도 침착하게 말했다.

"난 당신만 있으면 돼. 다른 사람에게 당신 얘기를 물어본 적 없어."

남자의 말에 용우파엔은 조금 감동했다.

"정말 내 과거는 신경 쓰지 않아요?"

아홉 번째 남자는 조금도 망설이지 않고 바로 대답했다.

"당신만 있으면 된다고 했잖아."

"다시는 이 얘기를 꺼내지 않겠다고 맹세할 수 있어요?"

"맹세할게."

아홉 번째 남자는 다른 마을에 사는 소학교 선생님이다. 안경을 쓴 남자가 진지하게 맹세하는 모습이 너무 재미있어서 웃음이 터져나올 것 같았다.

새해 첫날 용우파엔은 이 남자와 함께 살기 시작했다. 남자는 용우파엔을 데리고 향청에 가서 결혼 증서도 받아왔다.

남자는 두 사람의 침대 머리맡에 결혼 증서를 두고 잠자리에 들기 전 매일 밤 챙겨 보았다. 그리고 용우파엔에게 말했다.

"이제 새 삶을 사는 거야!"

용우파엔도 소곤거렸다.

"이제 새 삶을 사는 거야."

처음 4개월 동안 두 사람의 생활은 그야말로 완벽했다. 이웃 사람들이 입을 모아 연말에 '모범 부부'로 선정해야 한다고 말할 정도였다. 용우파엔은 모범 부부가 무슨 의미인지 알지 못했다. 이웃에 사는 한 할머니가 오랫동안 설명을 해주었지만 정확히 무슨 뜻인지 이해하지 못했다.

어느 저녁 용우파엔이 남자에게 물었다.

"모범 부부라는 게 무슨 뜻이에요?"

남자가 말했다.

"세상에서 가장 좋은 부부를 말하는 거야."

용우파엔은 "아, 이제 알겠다." 라고 말하며 행복한 미소를 지었다.

학교 교사들은 매월 한 차례 모임이 있었다. 처음 4개월 동안 남자는 한 번도 모임에 참석하지 않았고, 집에 남아 용우파엔과 함께 시간을 보냈다. 다섯 번째 달 모임 날짜가 또 다가왔다. 선생님 몇 분이 용우파엔의 남자를 억지로 끌고 갔다.

남자는 술에 잔뜩 취한 채 한밤중에 집에 돌아와서는 곤히 자고 있던 용우파엔을 흔들어 깨우더니 무섭게 말했다.

"땡중이 출가하자마자 놈의 물건을 환관처럼 싹둑 잘라버려 야 했어!"

남자는 말을 끝내고는 바로 곯아떨어졌지만, 용우파엔은 결 국 뜬눈으로 밤을 지새웠다.

이튿날 남자가 물었다.

"간밤에 나 아무 말도 안 했지?"

용우파엔은 고개를 저었다.

"그럼 됐어. 술만 마시면 그렇다니까. 다음부턴 절대 안 마실 게."

여섯 번째 달 교사 모임 날에 남자는 또 술에 잔뜩 취한 채 집으로 돌아왔다.

"내가 예전에 만났던 여자 중에 당신하고 똑같이 머리를 양 갈래로 땋은 여자가 있었어."

그러면서 한밤중에 낯선 여자의 이름을 외쳤다.

이튿날 술이 깬 남자가 한참을 생각하더니 말했다.

"간밤에 내가 뭔가 말했어?"

용우파엔은 고개를 저었다.

"술이 문제라니까. 앞으로는 절대 안 마실게."

일곱 번째 달 교사 모임이 끝나고 남자는 예전처럼 술을 마 시고 돌아왔다.

"연말에 상여금을 받으면 우리도 진짜 산호 목걸이 사자. 그 걸 옷장 안에 넣어두고 작은 산호가 생기면 당신 고향 가난한 친척들한테 나눠주자고."

이튿날 아침 남자는 용우파엔에게 물었다.

"간밤에 뭐 사준다고 약속했어?"

용우파엔은 고개를 저을 뿐 말이 없었다.

"당신한테 계속 자동으로 태엽을 감아주는 손목시계를 사주고 싶었거든. 돈 모아서 연말에 사줄게."

여덟 번째 달 교사 모임에서 남자는 또 술에 잔뜩 취한 채 집으로 돌아왔다.

"나중에 돈 많이 벌면 비행기 타고 대도시에 다녀오자. 비행기를 타고 가야 진짜 도시에 갔다고 할 수 있는 거야."

용우파엔은 남자를 침대 위에 눕혔다. 그리고 동이 틀 때까지 가만히 앉아 있었다.

이튿날 아침 남자가 물었다.

"내가 자동 손목시계 사주겠다고 또 말한 건 아니지? 걱정마. 돈은 충분하니까 연말 되면 살 수 있을 거야."

"난 자동 손목시계 같은 거 필요 없어요. 당신이 술만 안 마시면 그걸로 충분해요."

"손목시계 꼭 사줄게. 정말이야."

아홉 번째 달 교사 모임이 끝난 후 남자는 고주망태가 되어 집에 돌아왔다. 오자마자 용우파엔을 끌어안더니 관계를 시도했다.

용우파엔이 피하는 것처럼 보였는지 남자가 말했다.

"술 취해서 내일 아침에 기억 못할까 봐 그러는 거지? 난 아무리 취해도 당신하고 관계한 건 하나도 빠짐없이 기억한다니까."

용우파엔은 어딘가 마비라도 된 듯, 남자의 물건이 이미 자신의 몸 안으로 들어왔는데도 깨닫지 못했다. 남자는 위에서 땀을 뻘뻘 흘리며 헉헉거리면서 거친 숨을 몰아쉬더니 갑자기 그녀의 몸 위에서 내려왔다. 그리곤 한쪽으로 쓰러지더니 돼지처럼 곯아떨어졌다.

용우파엔은 남자의 코 고는 소리를 들으며 어둠 속에서 눈물을 흘렸다.

열 번째 달 교사 모임이 끝나고 잔뜩 취해 들어온 남자는 꼴이 말이 아니었다. 거의 기어서 들어오다시피 했다.

그는 용우파엔을 보더니 대뜸 이렇게 말했다.

"난 당신이 정말 좋아. 하지만 정정당당한 인민 교사인 나도 양치기 소년한텐 못 이기지. 양치기 소년이 나보다 먼저였잖아."

용우파엔은 주전자를 가지고 와 남자에게 차를 먹이고는 잠을 재웠다.

이튿날 아침 용우파엔은 정신을 차린 남자의 얼굴을 보며 말했다.

"다시는 예전 얘기 하지 않겠다고 맹세했잖아요."

남자는 자신의 뺨을 한 차례 힘껏 때리더니 말했다.

"난 정말 나쁜 놈이야."

"그러지 말아요. 진짜 내 마음을 준 남자는 당신밖에 없어요."

남자는 한 차례 더 자신의 뺨을 때리고는 다시 맹세했다.

두 사람의 생활을 계속됐지만, 둘 사이의 대화는 시간이 흐를수록 줄어들었다.

열한 번째 달 교사 모임이 끝난 후 젊고 건장한 선생님 몇 명이 남자를 부축해 들어왔고 교장 선생님도 따라 들어왔다. 교장은 원망하는 말투로 말했다.

"자네 대체 왜 이러나? 예전에는 술도 잘 마시지 않더니, 요즘 몸도 제대로 가누지 못할 정도로 마시는 이유가 대체 뭔가?"

남자는 대답은 모호했다.

"너무 좋아서요. 여러분은 내가 얼마나 기쁜지 모르실 겁니다."

용우파엔은 한쪽에 서서 그를 바라보고 있었다.

남자는 용우파엔을 한번 보더니 교장 선생님께 말했다.

"교장 선생님, 선생님은 우리 학교에서 체격이 제일 좋으시죠. 그래서 선생님들이 다 무서워하잖아요. 근데 집에서는 사모님께 꼼짝도 못 하신다면서요? 그게 사실이에요? 무슨 약점이라도 잡힌 건 아니시죠?"

영문을 알 길 없는 교장은 잔뜩 화난 채로 돌아갔다.

용우파엔도 더는 남자를 챙기지 않았다. 남자는 스스로 침대에 누워 잠을 잤다.

이튿날 마치 아무 일도 일어나지 않은 것처럼 아무도 간밤의 일을 꺼내지 않았다.

며칠 후 남자가 배시시 웃더니 용우파엔의 배를 보며 말했다.

"우리 결혼한 지도 꽤 됐는데 왜 배가 아직도 그대로지?"

이 말에 용우파엔은 울음을 터트렸다.

깜짝 놀란 남자가 그녀에게 다가가 위로했다.

"괜찮아. 서두를 필요 없어. 천천히 갖자. 올해가 안 되면 내년에 노력하면 되지."

용우파엔이 울며 말했다.

"당신한테 말하지 않은 게 하나 있어요."

"뭔데?"

"당신한테 숨긴 게 딱 하나 있어요."

"무슨 일인데? 얼른 말해 봐."

용우파엔은 계속 울며 말했다.

"저번에 애를 낳고 난 후, 의사 선생님이 다시는 아이를 낳지 못할 거라고 했어요."

남자는 한참 동안 말이 없었다.

오랜 시간이 지난 후 남자가 겨우 입을 열었다.

"괜찮아. 난 당신만 있으면 된다고 말했지?"

용우파엔은 남자의 품에 안겨 한참을 울었다.

열두 번째 달 교사 모임은 그해의 마지막 날 저녁으로 미뤄졌다.

남자는 그 모임에 참석했고 술에 잔뜩 취해 돌아왔다.

용우파엔은 정성껏 남자의 수발을 들었다.

'이 남자와 함께한 지도 일 년이 되었구나'라는 생각이 들자, 행복한 느낌이 들었다.

남자는 용우파엔의 손길을 느끼며 잠을 자고 있었고, 용우파엔은 그에게 무슨 말이라도 해주고 싶은 마음에 옆에서 그가 깨기만을 기다렸다.

12시가 지나자 갑자기 남자가 벌떡 일어나 앉더니 앞쪽 허공에 대고 말했다.

"난 왜 여덟 번째가 아니고 아홉 번째 남자지? 여덟 번째였다면 지금 아들이 있었을 텐데!"

마치 방금 전의 말은 꿈속에서 내뱉기라도 한 것처럼, 남자는 다시 드러누워 자기 시작했다.

이튿날 남자가 눈을 떴을 때, 옆 침대 머릿장에는 길게 땋은 머리카락 두 벌이 가지런히 놓여 있었다.

남자는 이것이 용우파엔의 머리라는 것을 단번에 알 수 있었다.

붉은 천

우젠은 라초가 두른 홍링진을 보며 물었다.
"그거 하루만 빌려줄래? 그걸로 눈 가리려고."
라초는 고개를 갸우뚱거리며 되물었다.
"그럴게. 하지만 그러면 아무것도 볼 수 없을 거야.
보이지 않는 하루는 아주 길 텐데 괜찮겠어?"

1

해가 중천에 떠오른 지 이미 한참인데 우젠烏金은 아직도 길에서 서성대고 있다. 우젠은 소학교에 다닌다. 평소라면 제일 먼저 학교에 도착해 혼자 놀다 뒤이어 오는 친구들과 함께 어울렸을 것이다. 학교의 깨진 종이 '땡땡' 소리를 내면 아이들 모두 그제야 자리를 털고 일어나 벌떼처럼 각자 교실로 들어가 수업을 받는다. 늘 그렇듯 우젠은 자리에 앉아 있어도 선생님의 설명이 생소하고 지루하게만 느껴져 다시 한 번 종이 '땡땡' 울려 수업이 끝났다고 알려주기만을 하염없이 기다렸을 것이다.

하지만 오늘 우젠은 아직도 길에서 서성대고 있다.

매일 산비탈에서 양을 방목하는 나무나朮本는 저 멀리서부터 우겐을 발견했다. 둘은 실제로 몇 살 차이 나지 않지만 나무나는 우겐에게 친구 대접을 해주다가도 가끔 애 취급을 하곤 한다. 지금은 애 취급하며 어른인 양 군다. 먼지와 풀이 찬바람에 흩날리는 곳에서 책가방을 멘 채 어슬렁거리고 있는 우겐을 발견하고 나무나는 어른처럼 목청껏 소리를 질렀다.

"이봐, 꼬마! 학교 안 가고 거기서 뭐 해? 그러다 선생님이 쫓아온다!"

나무나의 목소리가 들리자 신이 난 우겐은 고개를 들어 웃으며 그를 바라봤다.

양 떼를 몰고 산비탈을 내려오던 나무나는 계속 어른인 양 소리쳤다.

"이봐, 꼬마! 내 말 안 들려? 얼른 움직이라고!"

계속되는 굵은 목소리가 우습다는 듯 깔깔거리며 웃는 우겐을 보자 나무나는 잔뜩 화가 나 우겐에게 다가갔다.

거리가 가까워지자 우겐의 시야에 나무나 품에 안겨 있는 새끼 양이 들어왔다. 우겐은 부러운 눈빛으로 나무나를 쳐다보며 새끼 양의 머리를 쓰다듬었다. 우겐이 말했다.

"정말 부럽다. 나도 온종일 양이나 쳤으면 좋겠어. 그럼 학교도 안 가고 얼마나 좋을까!"

나무나가 우겐을 노려보며 말했다.

"허튼 생각 마. 나도 예전에 매일 수업 땡땡이치고 학교도 제대로 안 가다가 유급을 밥 먹듯이 하는 바람에 결국 졸업도 못

했어. 지금 얼마나 후회하는지 넌 모를 거야."

잔뜩 흥분한 우겐이 말했다.

"그럼, 우리 바꾸자! 네가 학교 가. 양은 내가 칠게!"

나무나는 우겐을 밀치며 정색했다.

"얼른 학교 안 가? 진짜 가만 안 둔다!"

어쩔 수 없다는 듯 나무나를 바라보던 우겐 입에서 볼멘소리
가 터져 나왔다.

"웬 어른 행세야? 학교에 가든 말든 너랑 무슨 상관인데?"

순간 발끈한 나무나는 새끼 양을 내려놓고 우겐을 발로 걸
어차면서 허리춤에 꽂아둔 우얼둬*를 꺼내어 우겐에게 겨누었
다. 나무나가 진짜 우얼둬를 쏠지도 모른다는 생각에 덜컥 겁
이 난 우겐은 뛰기 시작했다. 하지만 얼마 가지 않아 발걸음을
멈추고 뒤를 돌아봤다.

나무나가 굳은 얼굴로 돌멩이를 우얼둬에 끼우더니 고무를
머리 위까지 힘껏 잡아당겼다.

우겐은 우얼둬의 위력을 잘 알고 있다. 예전에 무리에서 말
안 듣고 제멋대로 날뛰는 양이 우얼둬를 맞고는 한참 동안 데
굴데굴 바닥을 구르는 모습을 본 적이 있다. 직접 맞으면 엄청
아프겠지. 우겐은 고개를 푹 숙이고 힘껏 뛰었다.

도망가는 우겐의 모습에 한바탕 웃던 나무나는 방향을 틀더

---

* 돌멩이나 진흙을 끼워 고무를 튕기거나 돌려 쏘는 도구

니 우얼뒤를 몇 발 쐈다. 우얼뒤에 끼워져 있던 돌멩이가 산비탈 아래로 뛰어가는 양들을 향해 날아갔다.

2

우겐은 결국 학교에 도착했다.

학교 바깥에 숨어서 들어가지는 못했다. 교실에서 학생들이 책 읽는 소리가 흘러나왔다. 지각하지 않았다면 저기 분명 자신의 목소리도 있었을 것이다. 문득 이 소리가 스님들이 경당에서 불경을 외우는 소리마냥 아름다운 운율처럼 느껴졌다. 평소에 이걸 깨닫지 못한 자신이 한심하고 답답했다. 순간 아침 일찍 학교에 오지 않아 아름다운 운율에 동참하지 못한 것이 후회됐다. 하지만 이런 감정도 곧 사라졌다. 자신이 어떤 상황에 처해 있는지 분명하게 깨달았기 때문이다. 얼굴에 긴장한 기색이 역력하다.

우겐은 정원에 선생님과 학생이 없는 것을 확인하고는 조용히 안쪽으로 들어갔다.

교실 앞에 도착하자 문틈에 얼굴을 갖다 대고 교실 안을 살펴봤다. 문틈 사이로 짝꿍인 라초拉措가 작문 발표를 끝내고 자리에 앉는 모습이 보였다. 이어서 박수 소리가 흘러나오고 곧 선생님 목소리가 들렸다.

"정말 잘했구나. 우리 반에서 글을 제일 잘 썼다. 여러분 모두 라초를 본받도록 해요."

쏟아지는 학생들의 부러운 눈빛에 라초는 부끄러워 어쩔 줄
몰라 했다. 학생들의 박수 소리가 이어지더니 한참 동안 그치
지 않았다.

박수 소리가 점차 줄어들고 완전히 멈췄을 때 선생님이 물
었다.

"라초야, 넌 어떻게 '시각장애인'의 세계를 그렇게 잘 이해하
고 있니?"

라초는 조심스럽게 대답했다.

"저는 어렸을 때부터 할머니 손에 자랐는데, 저희 할머니가
눈이 안 보이세요."

말을 끝낸 라초는 교실 문을 쳐다보다가 문틈으로 교실 안
을 훔쳐보는 우겐을 발견하고는 깜짝 놀라 하마터면 소리를 지
를 뻔했다. 이런 라초의 모습을 보고 우겐도 덩달아 소리를 지
를 뻔했다. 그래도 라초는 잘 참아냈다. 이 틈을 타 우겐은 학
교 정문으로 도망쳤다. 교실에서 학교 정문까지 가깝지는 않았
지만, 뒤도 돌아보지 않고 뛰었다. 학교 앞에 도착해서야 우겐
은 발걸음을 멈추고 고개를 들어 교실 쪽을 바라봤다.

교실 입구에선 어떤 인기척도 없었다. 교실을 잠깐 쳐다보고
는 다시 멀지 않은 초원을 향해 뛰었다. 초원에는 누렇게 시든
풀들이 무성하게 자라 차가운 바람에 힘없이 이리저리 흩날리
고 있었다.

초원에 우겐이 도착했을 때 저 멀리에서 '땡땡' 하고 수업이 끝났음을 알리는 종소리가 울려 퍼졌다. 종소리가 무기력하게 느껴졌다. 마치 한참 잠을 자던 사람이 꿈속에서 무의식적으로 친 것 같은 소리였다. 우겐은 할 수만 있다면 자신이 뛰어가 더 맑고 분명하게 종소리가 울려 퍼지도록 힘껏 종을 치고 싶었다. 가끔 선생님이 수업 시작 종이나 수업이 끝나는 종을 우겐에게 치게 할 때가 있었는데, 그때마다 우겐은 신이 나 누구보다 열심히 종을 치곤했다. 힘없이 울리던 종소리가 잠시 이어지더니 곧 멎었다. 힘없던 종소리와 달리 아이들의 활기찬 발걸음 소리가 교실에 울려 퍼지고 눈 깜짝할 사이에 운동장을 가득 메웠다. 순식간에 운동장엔 유쾌한 이야기 소리와 웃음소리가 가득 찼다. 이 경쾌한 소리에 흥분한 우겐은 하마터면 다시 학교로 뛰어갈 뻔했다. 하지만 곧 자신의 처지를 깨닫고는 서둘러 덤불 속으로 몸을 숨겼다. 무성하게 높이 자라다 시든 풀은 우겐이 재빨리 숨기에 충분했다. 뿌리가 썩었는지 이상한 냄새가 코를 찔렀지만 참을 수밖에 없었다. 우겐은 덤불 안에서 벌어진 틈으로 학교 쪽을 바라봤다.

우겐의 짝꿍인 라초가 학교 정문까지 뛰어나와 주변을 살폈다. 그녀의 가슴팍에 있는 홍링진*이 찬바람에 나부꼈다. 덤불 속에서 우겐은 가볍게 흔들리는 홍링진을 부러운 눈빛으로 쳐

---

* 오성홍기를 대표하는 붉은 삼각건으로 일부 학교에서는 성적이 우수한 학생만 맬 수 있다.

다봤다. 우겐의 눈에는 정말 예쁜 붉은 천이다. 이번 학기에 열심히 하면 아마 다음 학기에는 라초와 똑같은 홍링진을 목에 두를 수 있을 것이리라. 그렇게만 된다면 매일 라초와 함께 등교하고 집에도 같이 올 수 있겠지만, 그렇지 못하면 언제나처럼 어른들의 놀림거리가 되고 말 것이다.

주위를 잠시 둘러보던 라초는 우겐이 숨어 있는 덤불을 향해 걸어왔다. 라초 혼자 걸어오는 것을 보면서도 우겐은 미동도 없다.

우겐이 숨어 있는 덤불 앞까지 온 라초가 작은 소리로 말했다.

"너 여기 있는 거 아니까, 나와 봐"

우겐은 여전히 덤불 안에 웅크려 앉은 채 소리쳤다.

"쉿! 조용히 해! 선생님께 걸리면 어쩌려고!"

라초는 아무 말 없이 우겐의 목소리가 들리는 곳을 찾아 덤불 속으로 기어 들어갔다. 둘의 이마가 부딪히려는 찰나 라초가 멈추더니 우겐의 얼굴을 보며 속삭였다.

"수업도 땡땡이치고 여기서 뭐 하는 거야?"

우겐이 한숨 쉬며 말했다.

"선생님이 내주신 숙제 다 못했어."

라초가 물었다.

"왜 못 했는데?"

우겐은 또 크게 한숨을 내쉬었다.

"어떤 느낌인지 모르겠어. 그래서 못 쓰겠어."

"그럼 난 어떻게 썼게? 선생님이 잘 썼다고 칭찬도 하셨어."

"그거야, 넌 그런 할머니가 있으니까 어떤 느낌인지 잘 알잖아."

우겐의 말에 라초는 잠시 말을 멈추더니 다시 입을 열었다.

"다른 애들도 다 써 왔어. 안 쓴 것보다 나아! 그럼 너도 직접 느껴보면 되잖아!"

우겐은 어쩔 도리가 없다는 듯이 말했다.

"에이, 나도 장님인 할아버지나 할머니, 아니면 아빠나 엄마, 아니면 형이나 누나, 이것도 아니면 남동생이나 여동생이 있었으면 좋았을걸. 그럼 나도 그게 어떤 느낌인 줄 알 테니까, 그럼 이런 작문 숙제도 금방 해치울 수 있을 텐데…. 난 왜 장님 가족도 없는 고아인 거지?"

이런 우겐을 애틋하게 바라보던 라초가 말했다.

"우겐, 너무 속상해하지 마. 난 계속 너를 내 친동생이라고 생각했어."

우겐은 여전히 어쩔 수 없다는 듯 말했다.

"그게 사실이면 진짜 좋겠다."

우겐의 태도에 화가 난 라초는 우겐을 한 번 흘겨보더니 자리를 박차고 일어났다.

"너, 설마 내가 할머니의 감정을 느낄 수 있어서 행복하다고 생각하는 거야? 이번에 작문숙제 하면서 그제야 할머니가 얼마

나 힘들게 살아오셨는지 알 수 있었어."

우겐은 라초를 잡아끌어 앉히고는 얼버무리며 말했다.

"미안해. 잘못했어. 근데, 진짜 한 글자도 못 쓰겠어. 너희 할 머니 빼고는 난 장님을 본 적도 없는걸…. 눈이 안 보인다는 게 어떤 느낌인지 정말 모르겠어."

라초가 말했다.

"숙제 안 하면 이번 학기에도 홍링진은 받지 못할 거야. 설마 나랑 같이 홍링진을 두르고 싶지 않은 거야?"

잠시 말을 아끼던 우겐이 그제야 입을 열었다.

"물론 너랑 같이 두르고 싶지. 정말이야! 하지만…."

힘없이 죽어가던 종소리가 다시 살아나더니 수업 시작을 알 리는 소리가 울려 퍼졌다.

라초가 우겐의 손을 잡아끌었다.

"자, 얼른 수업 가자."

우겐은 힘껏 라초의 손을 뿌리쳤다.

"숙제도 안 했는데 어떻게 가. 난 못 가."

초조한 라초가 물었다.

"그럼 어떻게 할 건데?"

잠시 멍하니 있던 우겐이 갑자기 말했다.

"네 말이 맞아! 직접 느껴봐야겠어. 오늘 하루 동안 장님이 되어 돌아다녀보면 알겠지. 직접 체험해볼래!"

라초는 의아한 듯 우겐을 바라봤다.

우젠은 라초가 두른 홍링진을 보며 물었다.

"그거 하루만 빌려줄래? 그걸로 눈 가리려고."

라초는 고개를 갸우뚱거리며 되물었다.

"그럴게. 하지만 그러면 아무것도 볼 수 없을 거야. 보이지 않는 하루는 아주 길 텐데 괜찮겠어?"

우젠은 순간 심오한 철학가라도 된 듯 말했다.

"장님은 평생 아무것도 볼 수 없지. 그럼 그들의 하루하루는 끝도 없이 길지 않을까?"

라초는 순간 말문이 막혔다. 그러다 잠시 후 다시 입을 열었다.

"난 네가 하루를 버틸 수 있을 것 같지 않아."

우젠은 확고했다.

"맹세할게!"

라초는 의심의 눈초리로 말했다.

"나한테 맹세해 봤자지. 부처님께 맹세하면 믿어줄게."

미소를 지으며 우젠이 말했다.

"믿어봐! 선생님께 칭찬받을 만한 글을 써서 이번 학기에 꼭 홍링진을 받을 거야!"

우젠의 눈을 보며 라초가 말했다.

"그래도 못 믿겠는걸."

이 말에 자신이 덤불 속에 있다는 것도 잊은 채 우젠은 소리 내 웃기 시작했다.

"알았어, 알았어. 그럼 부처님께 맹세할게!"

라초가 정색하며 말했다.

"부처님이 어디에 있는데?"

우겐도 정색하며 말했다.

"부처님은 바로 내 마음속에 계시지."

그리곤 라초가 뭐라 말할 틈도 주지 않고 바로 눈을 감고 두 손을 모아 합장했다.

"나는 내 마음속에 계시는 부처님께 맹세합니다. 나는 오늘 하루 동안 장님이 될 것입니다."

천천히 눈을 뜨고 라초를 바라봤다. 우겐이 말했다.

"이제, 홍링진 빌려줄래?"

라초는 잠시 무언가를 골똘히 생각하더니 목에 감고 있던 홍링진을 풀어 우겐에게 건넸다. 우겐은 홍링진을 받아 자신의 두 눈을 감싼 후, 멍하니 앉아 말했다.

"라초야, 너 정말 나한테 잘해주는구나. 진짜 이걸 빌려줄 줄 몰랐어."

아무 말 없이 우겐이 홍링진으로 눈을 가리는 모습을 보던 라초가 갑자기 소리를 질렀다. 그리곤 덤불 안에서 벌떡 일어나더니 교실 방향으로 뛰었다.

우겐이 뛰어가는 라초에게 소리쳤다.

"라초! 선생님께 나 오늘 못 나온다고 대충 둘러대줘!"

라초가 자신의 목소리를 들었는지 잘 모르겠지만 다시 소리

치진 않았다. 라초의 발소리가 점차 학교 쪽으로 사라지자, 우겐도 일어나 비틀거리며 걸어온 길을 다시 걸었다.

3

나무나의 양 무리가 산비탈에서 흩어지더니 몇 마리가 반대편으로 향했다. 나무나는 일어나 우얼뒤에 돌멩이를 끼우고 반대편으로 움직인 양들을 향해 쐈다. 돌멩이가 정확히 방향을 잃은 양들 앞에 떨어지자 놀란 양들은 발걸음을 멈추고 고개를 들어 주위를 살폈다. 나무나가 고함을 지르자 무리를 이탈한 양들이 먼발치에서 보고는 '알아들었다는 듯' 방향을 틀어 되돌아와 무리에 합류했다.

나무나는 양 무리가 자신의 시야에 있는 것을 좋아한다. 자신이 착실하게 양을 몰고 있다는 느낌을 받기 때문이다. '양 무리가 너무 멀리 떨어지지 않도록 하는 것'은 엄마가 항상 당부했던 말이기도 하다. 하루하루 양을 몰면서 엄마의 말이 정말 일리가 있다는 생각이 들었다. 나무나가 자리에 앉아 엄마의 당부를 곱씹고 있을 때, 양 무리 안에서 연약한 새끼 양의 절규가 흘러나왔다. 이 소리를 들은 나무나는 재빨리 소리가 들린 곳으로 뛰어갔다. 양이 모여 있는 중간 지점에 다다라서야 흥분된 듯 소리쳤다.

"아하, 검은 새끼네!"

어미 양이 새끼 양의 몸에 남은 양수를 깨끗이 핥더니 새끼 양이 '메에' 하며 우는 것을 바라봤다. 나무나는 허리를 굽혀 새끼 양을 안고는 머리를 쓰다듬었다. 어미 양이 나무나의 주변을 돌며 '메에'하며 울자 나무나는 아예 주저앉아 새끼 양을 품에 안고는 먼 곳을 바라봤다.

저 멀리 흙길에서 비틀거리며 걸어오는 우겐의 모습을 발견한 나무나는 큰소리로 외쳤다.

"꼬마야! 학교 안 가고 왜 또 온 거야?"

우겐은 그의 목소리를 듣지 못한 듯 계속해서 비틀거리며 앞으로 걸었다.

나무나는 소리쳤다.

"학교 안 가면 나한테 혼난다!"

나무나는 옆에서 안절부절못하고 있는 어미 양 곁에 새끼 양을 놓아주고는 우겐을 놀려줄 속셈으로 우얼둬를 집어 들어 몇 발을 쏘았다. 하지만 우겐은 아무런 반응도 없었다. 나무나는 다시 흙덩어리를 주워들어 우얼둬에 끼우고는 가볍게 몇 바퀴를 돌렸다. 흙덩어리가 정확히 우겐 앞에 떨어지더니 사방으로 부서졌다. 하지만 우겐은 아무것도 눈치채지 못한 듯 계속 앞으로 걸어갔다.

까닭을 알지 못해 답답한 나무나는 우겐이 걸어오기만을 기다렸다. 우겐이 비틀거리면서 가까이 오자, 그제야 우겐의 두 눈을 감싼 붉은 천이 눈에 들어왔다. 나무나는 다시 우얼

뒤를 몇 발 던져 겁을 주고는 일부러 굵은 목소리로 호통치며
혼냈다.

"혼나야 학교에 갈 것이냐!"

우겐은 나무나를 향해 말했다.

"네가 아무리 뭐라고 해도 학교에 안 갈 거야. 오늘 하루 동
안 장님하기로 했거든."

나무나는 재미있다는 듯 우얼뒤를 내려놓았다.

"꼬마 녀석, 정말 눈을 가렸네."

우겐이 말했다.

"라초한테 홍링진을 빌려서 둘렀어."

"우겐, 이리로 와봐."

나무나의 말에 우겐은 나무나에게 다가갔다. 도중에 한 번
넘어졌지만 더듬거리며 걸어갔다.

나무나가 웅얼거리며 혼잣말을 했다.

"꼬마 녀석, 정말 안 보이나 보네."

우겐이 나무나 앞에 도착하자 나무나가 우겐 앞에서 주먹을
휘둘렀지만 아무런 반응이 없었다. 나무나가 물었다.

"우겐, 왜 눈을 가렸어?"

우겐이 작은 소리로 말했다.

"장님에 대한 글을 써야 해서."

나무나는 웃으며 물었다.

"왜?"

우겐은 말했다.

"어제 선생님이 작문 숙제를 내주셨는데, 아무리 생각해도 장님이 어떤 느낌인지 전혀 모르겠더라고. 그래서 한 글자도 못 썼어. 너 혹시 장님이 어떤 기분인지 알아?"

나무나는 고개를 갸우뚱거리며 말했다.

"그냥…. 아무것도 안 보이는 거. 그래서 주변이 캄캄한 거. 그런 거 아니야?"

"당연히 아무것도 안 보이지. 하지만 그들 마음이 어떤지, 어떤 느낌으로 살아가는지, 알고 있어?"

"장님도 아닌데 내가 그걸 어떻게 알아?"

"그래서 하루 동안 눈 가리고 느껴보려고…."

"하루를 못 버틴다고, 내가 장담하지."

"할 수 있어! 못 믿겠으면 내기할래?"

신이 난 나무나가 큰 소리로 말했다.

"뭐 걸고?"

우겐의 말에 나무나는 웃었다.

"사실 내기라고 할 것도 없어. 내가 이기면 앞으로 꼬마라고 부르지 마."

"꼬마야, 꼬마라는 말에 신경 쓰고 있는 줄 몰랐네."

화가 난 우겐이 소리쳤다.

"이 자식! 또 꼬마라고 했냐? 고작 나보다 두 살 많으면서!"

나무나는 진지하게 말했다.

"아직도 학교에 다니니까 꼬마지."

우겐도 지지 않았다.

"그럼, 학교 안 다니는 사람은 다 어른이냐?"

나무나는 당연하다는 듯 말했다.

"그렇지. 학교를 안 다녀야 어른이지. 그러니까 나도 어른인 거고."

우겐이 계속해서 물었다.

"그럼, 대학교에 다니는 사람들은?"

나무나가 잠시 머뭇거리더니 대답했다.

"아까 말했지? 학교에 다니는 사람들은 다 꼬마라고."

우겐은 어쩔 수 없다는 듯 말했다.

"말도 안 되는 소리 마. 어쨌거나 내가 분명 이길 테니까 앞으로 꼬마라고 하지 마."

나무나가 우겐의 손을 꽉 움켜쥐며 대답했다.

"그럴게."

4

해가 더 높이 떠올랐다. 나무나는 눈을 가린 우겐과 뭘 해도 재미있을 것 같지 않다는 생각에 우겐을 놀리기 시작했다.

"너 누구 좋아해?"

우겐의 얼굴이 잠깐 붉어지더니 입을 다문다.

나무나가 웃으며 말했다.

"같이 등교하는 라초라는 애 좋아하는 거 같던데, 맞지?"

우겐 얼굴이 불타는 것 마냥 온통 시뻘게지더니 말을 더듬는다.

"이상한 소리 마!"

우겐의 얼굴을 본 나무나가 낄낄 웃으며 말했다.

"수업 끝나고 같이 집에 가는 거 자주 봤어."

우겐의 얼굴이 가라앉을 줄 몰랐다.

"그냥 짝꿍이야."

나무나가 계속 낄낄거리며 말했다.

"네가 좋아할 만해. 걔 진짜 예쁘잖아!"

우겐은 더욱 긴장한 듯 말을 이었다.

"라초는 공부도 잘해. 우리 반에서 일등이야!"

나무나가 말했다.

"얼굴도 예쁘고, 거기에 공부도 잘하고. 그 정도면 네가 좋아할 만하지."

우겐의 얼굴이 더는 빨개지지 않았다.

"이것도 라초가 빌려준 거야."

나무나는 일부러 과장된 말투로 말했다.

"그래? 걔가 이걸 빌려줬다는 건, 바로 걔도 너를 좋아한다는 뜻이야. 보통 여자아이들은 남자아이를 좋아하게 되면 머릿수건이든 뭐든 다 주거든."

우겐은 풀이 죽었다.

"그냥 눈 가리라고 빌려준 거야. 장님이 어떤지 한번 느껴보라고…. 게다가 이것도 내가 먼저 빌려달라고 했는걸."

"에이, 너랑 얘기하는 거 진짜 재미없다!"

이 말을 듣더니 우겐이 웃으며 말했다.

"그럼 너는 누구 좋아하는데? 말해봐. 우리 마을 사람이야? 아니면 다른 마을?"

나무나는 우겐을 한 번 흘겨보더니 말했다.

"난 누구 좋아하면 좋아한다고 바로 말해. 너처럼 시치미 떼지 않아."

"그럼 말해봐, 누군데?"

"긴디류夬揩 좋아해"

"사실 네가 긴디류 좋아하는 거 알고 있었어. 게다가 어렸을 때 부모님끼리 정혼했다는 얘기도 들었는걸."

"온 마을 사람이 다 알고 있는 거지. 그런데 긴디류가 날 좋아하는지는 모르겠어."

"직접 물어보면 되잖아."

"물어봤는데, 대답을 안 해."

"분명 무슨 방법이 있을 텐데."

나무나는 한숨을 쉬며 말했다.

"꼬마랑 같이 있으니 이렇게 지루할 수가!"

화가 난 우겐이 소리쳤다.

"또 꼬마라고 할래? 아까 꼬마라고 안 하기로 했잖아!"

나무나는 웃으며 말했다.

"네가 진짜 눈 가린 채 하루를 버틸지 아직 모르잖아."

"당연히 가능하지! 하루 동안 잘 견디고 좋을 글 써서 이번 학기엔 반드시 홍링진을 받을 거야!

우겐의 말이 재미없는지 나무나는 더 이상 아무런 대구도 하지 않았다.

잠시 후, 나무나가 다시 입을 열었다.

"장님 체험해보니까 느낌이 어때?"

"글쎄, 모르겠어. 그냥 사방이 어두컴컴해. 저녁 같기도 하고. 근데 저녁하고는 또 다른 느낌이야."

"그게 어떤 느낌인데?"

"정확히 모르겠어."

짜증난 나무나가 말했다.

"그럼 장님 체험 잘 해봐. 난 좀 자야겠다."

우겐이 말했다.

"자지 마. 난 너 대신 양들을 봐줄 수 없잖아."

나무나는 웃으며 말했다.

"안 봐도 돼, 볼 필요도 없고. 양이 주변에 있는지만 소리로 확인하면 되니까."

나무나가 옆으로 돌아 눕더니 다시 몸을 일으켜 앉고는 양 무리를 살펴봤다.

"멀리 가지는 않을 것 같은데…. 이따 점심이나 같이 먹자. 엄마가 뭘 좀 싸주셨는데 둘이 먹기 충분할 거야."

말을 마치고 다시 눕더니 곧 코 고는 소리가 작게 들려왔다.

우겐이 혼잣말하듯 웅얼거렸다.

"난 안 잘 거야. 열심히 느껴봐야지."

나무나가 잠든 후, 우겐은 주변의 소리에 귀 기울이며 보이지 않는 세계를 체험하기 시작했다.

5

"나무나! 나무나!" 하고 귀를 찌르는 듯한 여자 목소리에 나무나는 눈을 떴다.

못 본 척 두 눈을 비비며 "어, 긴디류!" 하며 대답하는 그의 목소리에 반가움이 묻어난다. 날카로운 긴디류의 목소리가 또 날아들었다.

"양 안 보고 뭐 하는 거야? 내 양하고 섞이게 생겼잖아!"

웃음기 가득한 얼굴을 한 나무나는 벌떡 일어나 주위를 살피더니 멀지 않은 곳에 있는 긴디류를 발견하곤 큰 소리로 화답했다.

"양들도 다 같이 있으면 좋지 뭐!"

"어휴, 저 바보!"

긴디류는 투덜거리면서도 나무나의 양 떼를 나무나가 있는

쪽으로 몬 후, 자신의 양 떼를 반대쪽으로 몰았다. 여전히 꼼짝도 하지 않은 채 연신 싱글벙글 웃으며 흐뭇하게 바라보던 나무나는 그제야 옆에 있는 우겐이 생각났다. 옆으로 돌아누운 우겐은 가늘게 콧소리를 내며 단잠에 빠져 있었다. 나무나는 발로 툭툭 치며 우겐을 깨웠다.

"이게 장님 체험하는 거야?"

잠에서 깬 우겐이 잔뜩 풀이 죽은 표정으로 일어나 앉더니 우물쭈물 입을 열었다.

"그러니까, 이렇게 눈을 가리고 있으니까 잠이 솔솔 오더라고⋯."

나무나는 고개를 돌려 긴디류에게 외쳤다.

"긴디류! 같이 점심 먹자! 이리 와!"

긴디류는 그제야 나무나 옆에 있는 우겐을 발견했다.

"옆에 있는 애는 누구야?"

"우겐이라고 해, 소학교에 다녀."

"왜 학교 안 가고 여기 있어?"

"와보면 알아. 재미있는 게 있어."

긴디류는 잠시 망설이다 나무나 쪽으로 걸어왔다. 눈을 가리고 있는 우겐을 본 긴디류는 의아하다는 듯 물었다.

"얘는 왜 이러고 있는 거야?"

나무나에게 우겐이 왜 이런 모습을 하게 되었는지 들은 긴디류는 "신기하네."라고 말했다.

우겐이 긴디류를 향해 입을 열었다.

"긴디류 누나, 나무나가 누나를 좋아한대요. 저한테 직접 말했어요!"

긴디류는 웃으며 나무나를 쳐다봤다. 순간 나무나 얼굴이 순간 벌겋게 달아올랐다. 나무나가 우겐을 매섭게 노려본다.

"이 자식, 무슨 소릴 하는 거야!"

나무나가 화를 내든 말든 우겐의 폭로전이 이어졌다.

"근데 누나가 자기를 좋아하는지 모르겠대요."

긴디류는 나무나를 한 번 흘겨보고는 우겐에게 말했다.

"나도 모르겠는데?"

우겐이 말했다.

"누나, 정말 예뻐요."

긴디류가 웃었다.

"보지도 못하는 애가 그런 얘길 하네."

"그게 아니고, 평소에도 예쁘다고 생각했어요! 정말이에요!"

우겐의 말에 긴디류는 깔깔거리며 웃었지만, 나무나의 벌겋게 달아오른 얼굴은 가라앉을 줄 몰랐다. 자신을 보며 연신 깔깔거리는 긴디류를 보며 나무나는 입을 열었다.

"긴디류, 같이 점심 먹자. 엄마가 이것저것 많이 싸주셨어."

"나무나, 우겐처럼 나한테 누나라고 불러야지. 내가 너보다 두 살 더 많은 거 몰라?"

긴디류는 여전히 웃고 있다.

"긴디류 누나, 나중에 나무나랑 결혼할 거예요?"

"우겐, 밥이나 먹자."

나무나는 재빨리 엄마가 정성스레 준비해준 점심을 재빨리 꺼냈다. 긴디류도 싸 온 음식을 꺼내 놓았다. 이때, 우겐도 "나도 먹을 게 있어" 하며 가방에서 먹을 것을 꺼냈다.

순식간에 초원 위에 풍성한 점심이 차려졌다.

"누구 생일상 같다!"

감탄하는 긴디류의 목소리에 나무나가 미소를 보이더니 먼저 먹기 시작했다. 긴디류는 나무나와 우겐에게 밀크티를 한 잔씩 따라준 후, 뒤늦게 먹기 시작했다.

우겐은 친구들이 음식을 먹고 차를 마시는 소리를 유심히 들었다. 이 모습을 본 긴디류가 우겐을 재촉한다.

"우겐, 그 천 풀어. 일단 먹고 나중에 다시 가리면 되잖아."

"안 돼요. 맹세까지 한 걸요."

우겐의 모습에 긴디류는 웃음이 터져 나왔다. 긴디류는 우겐의 한 손에 찻그릇을 쥐여주고 다른 손에 참파*를 쥐여줬다. 그리고는 다들 말없이 먹는 데만 열중했다. 가끔 나무나와 긴디류가 고개를 들어 양이 잘 있나 확인할 뿐이었다.

이때, 그들 뒤에서 낯선 목소리가 날아들었다.

"우와, 만찬이 따로 없네. 합석해도 될까?"

---

* 티베트인의 주식 중 하나로 볶은 보리로 만든 가루로 차(茶)에 참파를 섞어 경단을 만들어 먹는다.

나무나와 긴디류가 뒤를 돌아봤다. 마을에서 잘생기기로 소문난 익바페ㅃ多가 말을 타고 다가왔다. 긴디류가 얼른 자리를 박차고 일어나 상기된 목소리로 익바페를 반겼다.

　"당연하지. 얼른 와!"

　나무나는 익바페를 쏘아보더니 입을 꼭 다물어 버렸다. 말에서 내린 익바페는 말을 근처에 묶어두고 그들 옆에 앉았다. 우겐의 모습을 본 익바페는 자초지종을 물었고 긴디류는 나무나가 해준 얘기를 그대로 전했다.

　익바페는 별로 놀라지 않는 눈치였다.

　"요즘 같은 세상엔 어떤 일이 일어나도 놀랍지 않지."

　익바페는 말을 마치기 무섭게 바닥에 차려진 음식들을 제 것인 양 먹기 시작했다. 익바페의 먹는 모습에 고정되었던 긴디류의 시선이 고개를 푹 숙인 채 아무 말도 없는 나무나에게 향했다.

　긴디류가 웃으며 말했다.

　"익바페, 우겐이 그러는데 나무나가 날 좋아한대. 근데 네가 와서 기분이 별론가 봐."

　익바페가 웃더니 다시 먹으며 말했다.

　"좋겠네. 직접 고백한 거야?"

　긴디류도 나무나의 진심이 궁금한 모양이다.

　"아니. 자기 입으로 말을 안 하는데 그게 사실인지 아닌지 내가 어떻게 알겠어?"

익바페가 웃으며 나무나에게 말했다.

"나무나, 진짜 긴디류를 좋아한다면 지금 말해봐."

우겐이 끼어든다.

"나무나는 나중에 누나랑 결혼할 거예요."

"그래? 그거 큰일 났네."

"꼬마 녀석들은 이게 재미있나 봐."

"꼬마라고 하지 마요!"

"거기에 털도 안 난 꼬마가 너랑 결혼한다네? 긴디류, 너 정말 행복하겠다. 재미있네, 재미있어!"

익바페의 농담에 긴디류는 큰 소리로 웃기 시작했다.

이때 나무나의 목소리가 웃음소리를 파고들었다.

"무슨 털이 안 났다는 거야?"

순간 정적이 흘렀지만 금세 긴디류는 자지러지게 웃더니 나무나를 가리키며 말했다.

"어머, 애 좀 봐! 꼬마 녀석이!"

박장대소하던 익바페가 나무나를 보며 물었다.

"그럼, 너 남자 털 났어?"

자신 없는 목소리로 나무나가 대답했다.

"너 머리카락 있지? 나도 머리카락 있어. 무슨 털이 더 필요한데?"

익바페가 나무나에게 다가와 다시 물었다.

"수염은?"

"곧 날 거야!"

나무나는 아직 수염이 없다는 걸 누구보다 잘 알지만 그래도 당당하게 되받아쳤다.

"그럼, 다른 털은?"

음흉스레 웃던 익바페의 말을 나무나는 도저히 이해할 수 없었다.

"다른 털 뭐?"

터져 나오는 웃음을 겨우 참고 있던 익바페는 아예 바닥에 드러누워 데굴데굴 구르며 한참을 웃더니 의미심장하게 말했다.

"크면 알게 돼."

나무나는 무슨 말인지 전혀 이해할 수 없었지만 더는 묻지 않았다.

긴디류가 웃으며 우겐에게 말했다.

"우겐, 지금 나무나가 어떤 표정인지 알겠어?"

"전혀요. 어떤데요?"

"정말 안타깝다. 아주 재미있는데!"

한참을 웃던 익바페가 다시 입을 열었다.

"나무나, 이게 제일 중요한 건데 말이야. 너 무슨 능력으로 긴디류랑 결혼할 건데?"

입을 꾹 다물고 있는 나무나를 대신해 우겐이 대변인을 자처했다.

"아주 오래전에 긴디류 누나의 아빠가 나무나 아빠에게 약속했대요. 나중에 어른이 되면 긴디류 누나를 나무나에게 시집보내겠다고요."

익바페는 웃던 걸 멈추고 나무나를 보며 말했다.

"그건 그냥 하는 말이지. 남자가 능력이 있어야 여자가 시집을 오지. 네가 잘하는 게 뭔데? 말해봐."

긴디류를 힐끗 쳐다보더니 나무나가 입을 뗐다.

"난 양을 잘 쳐!"

자신감 넘치는 나무나의 말에 긴디류와 익바페는 다시 큰 소리로 웃기 시작했다. 우겐도 따라 실없이 웃었다. 한참을 웃던 익바페가 입을 열었다.

"초원에 사는 양치기가 양을 잘 치는 게 무슨 능력이야? 자고로 남자라면 준마 정도는 있어야지. 나무나, 너 있냐?"

"어른이 되면 준마 한 마리 정도야 당연히 있겠지!"

나무나의 세상 물정 모르는 당돌한 발언에 익바페와 긴디류는 또 킥킥거리며 웃었다. 우겐도 따라 웃었다.

잠시 후, 절대 질 수 없다고 생각했는지, 나무나가 자리를 박차고 일어나 익바페에게 소리쳤다.

"나랑 레슬링해서 이길 자신 있어?"

익바페는 웃으며 평평한 바닥으로 자리를 옮기자고 제안했다.

"네가 곧잘 한다는 얘기는 들었다. 또래에 적수가 없다던데,

사실이야?”

나무나는 자신보다 키가 훨씬 큰 익바페를 보자, 선뜻 나서지 못하고 머뭇거렸다. 이 모습이 익바페의 눈에 들어왔다.

“왜 그래? 레슬링은 네가 먼저 하자고 했잖아. 막상 하려니 무서워?”

나무나는 이길 수 있다고 스스로 다독거렸다.

“무슨 소리야? 난 네가 겁먹은 줄 알았어. 오늘 내가 본때를 보여주지.”

나무나의 말에 익바페가 웃더니 곧 둘은 몸을 낮춰 자세를 취했다.

나무나가 먼저 예고도 없이 달려들었지만 익바페가 한 발 더 빨랐다. 재빨리 몸을 피한 익바페는 나무나의 허리춤을 움켜잡고 힘으로 밀어붙여 땅으로 넘어뜨렸다.

우겐은 소리 하나라도 놓치지 않으려는 듯 온 신경을 집중했다. 순간 ‘픽’ 하며 누군가가 바닥으로 떨어지는 소리가 들렸다. 우겐의 마음이 다급해졌다.

“누가 넘어갔어요?”

긴디류가 빙그레 웃으며 말했다.

“꼬마 나무나!”

우겐은 초조한 기색이 역력한 목소리로 아쉬움을 토로했다.

“아이고, 장님 하겠다고 맹세만 안 했어도 직접 봤을 텐데!”

“그럼, 그거 풀고 봐.”

웃음기 가득한 긴디류의 말에, 우겐은 또다시 꿀 먹은 벙어리마냥 입을 굳게 닫았다.

나무나는 졌다고 항복하기는커녕 오뚝이처럼 다시 일어나 익바페에게 돌진했지만 순식간에 또다시 바닥에 나뒹구는 신세가 되고 말았다. 우겐이 물어보기도 전에 긴디류가 빙그레 웃으며 "꼬마 나무나가 또 자빠졌어"라며 상황을 중계했다. 궁금해서 미칠 것 같은 우겐은 가만히 앉아 있지 못하고 자리에서 일어나 이리저리 서성대다 자빠지기도 했다.

익바페는 벌떡 일어나 자신에게 달려드는 나무나를 또 가볍게 들어 올려 바닥에 내팽개쳤다.

긴디류가 입을 열기도 전에 다급해진 우겐이 물었다.

"나무나가 또 넘어갔어요?"

"맞아."

긴디류는 웃으며 답했다. 우겐은 웅얼거리며 계속 왔다 갔다 했다.

익바페는 내팽개쳐진 채 바닥에 드러누워 있는 나무나를 바라보며 말했다.

"꼬마, 더 할 거냐?"

나무나는 몸을 일으키더니 옷에 묻은 흙을 툭툭 털어냈다.

"남자는 딱 세 번 넘어진다는 옛말 때문에 내가 봐주는 거야. 앞으로 절대 꼬마라고 하지 마!"

익바페는 또 껄껄 웃어댔지만 나무나는 속이 말이 아니었다.

"난 꼭 긴디류에게 장가갈 거야. 엄마께 이미 약속도 했어."

익바페의 웃음소리가 더욱 크게 들렸다.

익바페가 긴디류를 보며 말했다.

"긴디류, 너도 들었지? 이 꼬마가 자기 엄마한테 너랑 결혼한다고 약속했대. 너랑 결혼해서 엄마 대신 너랑 같이 살 건가 봐."

긴디류는 그저 웃었다.

나무나는 긴디류를 보며 다짐하듯 말했다.

"긴디류, 농담하는 거 아니야. 진짜 너와 결혼하겠다고 엄마랑 약속했어."

긴디류와 익바페의 웃음소리가 끊이질 않았다. 쉬지 않고 웃어대는 두 사람을 보고 있자니 나무나는 울음이 터질 것 같았다. 머지않아 나무나의 울음소리가 주변을 가득 채웠다. 웃음을 멈춘 익바페가 나무나에게 말했다.

"몇 년 지나고 다시 도전해. 날 이겨야 긴디류와 결혼할 수 있다는 거 알지?"

긴디류는 미소를 띤 채 나무나를 쳐다보더니 소매로 눈물과 콧물로 범벅된 얼굴을 닦아줬다. 자리에서 일어난 익바페가 말고삐를 풀고는 고개를 들어 멀리 있는 긴디류의 양 떼를 바라봤다.

"긴디류, 양이 너무 멀리 갔다. 이제 가자."

익바페가 말 위에 올라타며 긴디류를 쳐다봤다.

잔뜩 주눅이 든 나무나를 위로해주던 긴디류도 익바페의 뒤에 올라탔다. 나란히 말을 탄 두 사람을 보고 있자니 나무나는 분노가 치밀어 올라 가만히 앉아 있을 수 없었다. 자리를 박차고 일어나 소리쳤다.

"무슨 일이 있어도 엄마랑 한 약속 지킬 거야!"

익바페는 '피식' 웃었다. 잡고 있던 고삐를 늦추자 말이 가볍게 뛰기 시작했다. 긴디류가 익바페의 허리를 감싸 안자 익바페는 만족한 듯 웃었다. 익바페의 입에서 경쾌한 멜로디가 흘러나왔다. 초원을 가득 채운 멜로디는 익바페와 긴디류를 따라 조금씩 멀어져갔다.

나무나는 익바페와 긴디류의 뒷모습을 한참 동안 바라보았다. 말이 언덕 너머로 사라지자 다리가 풀린 나무나는 바닥에 주저앉고 말았다.

6

정오가 한참 지났지만 바닥에 주저앉은 나무나는 여전히 꼼짝도 하지 않았다. 우겐이 나무나를 밀며 다그쳤다.

"계속 이러고 있을 거야?"

나무나는 우겐의 말에 대꾸도 없이 익바페에게 내동댕이쳐진 자리를 무섭게 노려봤다.

우겐이 말했다.

"이러고 있으면 죽었다 깨어나도 긴디류 누나하고 결혼 못 해."

나무나가 그제야 입을 열었다.

"그게 무슨 말이야? 지금 너까지 날 비웃는 거야?"

"난 학교에서 싸워서 졌을 때 한 번도 안 울었어. 넌 방금 긴디류 누나 앞에서 울지 말았어야 했어."

우겐의 말에 나무나가 자리를 박차고 일어났다.

"내가 익바페를 못 이길 것 같아? 아침에 엄마가 밖에서 싸우지 말라고 당부하셨던 게 생각나서 봐준 거야. 제대로 했으면 걔는 바닥에서 일어나지도 못 했을걸!"

우겐은 웃기 시작했다.

"허풍 떨지 마. 레슬링 하는 걸 직접 보진 못했지만, 그래도 네가 익바페 상대가 못 된다는 거는 알겠더라."

나무나는 화가 치밀어 올랐다.

"헛소리 마! 맞고 싶어?"

우겐은 여전히 웃으며 말했다.

"너보다 작은 애한테 이기는 것도 자랑이야? 그런 건 능력이 아니지. 몇 년 후에, 너보다 훨씬 큰 익바페 형을 땅에 내동댕이치고 긴디류 누나랑 결혼해서 살든가."

나무나는 잔뜩 화가 나 우겐을 때리려고 손을 올렸지만 붉은 천으로 눈을 가리고 있는 우겐의 얼굴을 보고는 다시 내려놓았다.

"나무나, 내가 도와줄게. 나중에 익바페 형을 번쩍 들어 내동 댕이쳐버리자고! 아예 긴디류 누나 앞에서 울려버리자."

우겐의 말에 신이 난 나무나는 우겐의 어깨에 손을 올리며 말했다.

"넌 정말 좋은 친구야. 다시는 널 꼬마라고 하지 않을게."

이 말에 흥분한 우겐도 나무나의 어깨에 손을 올렸다.

"나랑 익바페 중에 누가 더 멋있어?"

나무나가 물었다.

"당연히 익바페 형이지. 마을 여자들이 그렇게 말하던걸."

우겐이 대답했다.

나무나는 조금 실망한 듯 말을 잇지 못했다.

나무나의 마음을 꿰뚫어 보기라도 한 듯 우겐이 입을 열었다.

"너 정도면 잘생긴 거야. 이제 능력만 키우면 돼."

우겐의 칭찬에 한껏 고무된 나무나는 기쁨을 감추지 못했다.

"맞아. 앞으로 열심히 능력을 키워야겠어!"

나무나의 말에 우겐도 신이 났다.

"나무나, 넌 분명 해낼 거야!"

나무나가 머리에 시퍼렇게 멍든 곳을 만진다.

"우겐, 여기 좀 봐줄래? 머리가 깨졌나 봐. 너무 아파."

"나 못 보는데….'

"천 풀고 몰래 한번 보면 안 될까?"

우겐은 난감했다.

"부처님께 맹세도 했단 말이야. 하루 동안 장님 체험을 할 거라고 말했잖아. 지금 풀어버리면 숙제도 못 할 거고. 그럼 홍링진도 받지 못 할 거야."

"그럼 됐어."

"많이 아파?"

우겐의 물음에도 나무나는 연신 멍든 곳을 만지며 아무 말도 하지 않았다.

잠시 후, 나무나가 다시 입을 열었다.

"이미 장님이 어떤 느낌인지 아는 거 아니야?"

우겐은 조금 머뭇거리더니 대답했다.

"사실 나도 잘 모르겠어. 그냥 캄캄한 느낌이야."

"그게 장님 느낌 아니야? 그걸 적으면 되잖아."

"하지만 쓸 게 별로 없는걸."

"그럼 계속 눈 가리고 있어."

"사실 아무것도 볼 수 없어서 조금 무서워."

"뭐가 무서워? 내가 옆에 있잖아."

"그러게, 다행이다."

나무나는 갑자기 무언가 생각났는지 재차 물었다.

"근데 학교에서 여기까지 어떻게 왔어?"

"그냥 더듬거리면서 걸어왔지. 오는 길에 여러 번 넘어졌어. 그래도 길을 대충 알겠더라고."

"그래? 그럼 나도 한 번 해볼래, 허리끈으로 눈 가려야겠어."

"그렇게 해."

나무나는 허리에 둘렀던 천을 풀어 두 눈을 가렸다.

우겐이 물었다.

"눈 가렸어?"

"응."

"어떤 느낌이야?"

"글쎄, 아주 캄캄한 밤 같아."

"눈 가리고 양 몰 수 있겠어?"

"그건 못할 것 같아."

"그럼, 같이 가자. 둘이 같이 걸으면 혼자보단 나을 거야."

"좋은 생각이야."

둘은 서로를 부축하며 양 떼가 있는 곳으로 걸어갔다.

7

나무나와 우겐은 서로 의지하며 양이 있는 곳으로 걸어갔다. 도중에 여러 번 넘어졌지만 그래도 다시 일어나 계속해서 앞으로 걸었다. 몇 번을 넘어졌다 일어난 뒤, 나무나는 뭔가 잘못된 느낌이 들어 눈을 가린 허리끈을 풀었다. 나무나는 갑자기 큰 소리로 웃기 시작했다. 우겐은 영문을 알 수 없어 답답했다.

"왜 그래? 무슨 일이야?"

나무나는 웃음을 멈추지 못했다.

"우리 반대편으로 걸어왔어."

나무나는 우겐의 손을 잡아끌어 바닥에 앉혔다.

"조금 쉬었다 가자. 이따 내가 데려다줄게."

이때, 나무나의 시야에 말을 타고 다가오는 촌장의 모습이 들어왔다. 나무나를 발견한 촌장이 말을 건넸다.

"나무나, 양 치고 있니?"

나무나가 대답도 하기 전에 잔뜩 긴장한 우겐이 옆에서 속삭였다.

"누구야?"

나무나도 작은 소리로 대답했다.

"촌장님."

우겐의 긴장한 기색이 더욱 짙어졌다.

"빨리 촌장님한테 가봐. 나 여기 있다고 말하면 절대 안 돼! 들키면 엄청 혼날 거야."

우겐의 말에 나무나는 얼른 촌장에게 뛰어갔다.

"촌장님, 안녕하세요."

촌장이 나무나가 있던 곳을 바라보더니 물었다.

"방금 너랑 같이 있던 꼬마는 누구니?"

"다른 마을 꼬마예요. 양을 방목하러 왔대요."

"우겐하고 많이 닮았구나."

"우겐은 아니에요. 정말이에요!"

촌장은 의아한 듯 나무나의 얼굴을 빤히 쳐다보더니 말을 이었다.

"직접 가서 확인해 봐야겠다."

촌장은 말고삐를 돌려 우겐이 있는 곳으로 향했다. 잔뜩 긴장한 나무나가 촌장의 뒤를 따랐다. 촌장이 다가오는 소리를 들은 우겐이 바닥에 엎드리더니 꼼짝도 하지 않았다.

"얘는 왜 이러고 있니?"

"촌장님이 무서워서 그런가 봐요."

"무섭긴 뭐가 무서워, 얼른 일으키렴."

"우겐, 다 들켰어. 얼른 일어나"

그제야 우겐이 느릿느릿 몸을 일으켜 앉았다. 우겐의 모습을 본 촌장은 깜짝 놀랐다.

"도대체 무슨 일이냐? 왜 이러고 있는 거냐?"

나무나가 웃으며 대답했다.

"하루 동안 장님 체험을 한다고 이러고 있어요."

"뭐라고? 장님 체험을 한다고?"

말에서 뛰어내린 촌장이 날카로운 목소리로 물었다. 나무나가 대답했다.

"우겐 선생님이 장님에 관한 작문숙제를 내주셔서 어떤 느낌인지 체험해보고 있대요."

"이 아이, 머리가 어떻게 된 거 아니냐?"

촌장은 어이없다는 듯 웃었다. 나무나도 따라 웃으며 아무 말도 하지 않았다.

"멀쩡한 사람이 장님 체험해서 뭐하려고!"

나무나는 계속 웃기만 했다.

이때, 촌장은 혼잣말하듯 웅얼거렸다.

"나도 장님이면 좋겠구나. 어째 이 세상엔 보고 싶지 않은 게 점점 많아지네…."

갑자기 무언가 생각난 듯 촌장이 다시 물었다.

"학교는? 안 간 게냐?"

"장님 체험을 해야 해서 안 갔어요."

나무나가 우겐 대신 대답했다. 이 말에 촌장은 불같이 화를 냈다.

"쓸데없는 소리! 얼른 학교에 가거라!"

다시 말에 올라탄 촌장이 말고삐를 잡으며 떠나려 하자, 그 앞으로 나무나가 뛰어갔다.

"촌장님, 차 마시고 쉬었다 가세요."

나무나의 말에 촌장은 다시 말에서 내려 아이들과 함께 평평한 초원 위에 자리를 잡고 앉았다. 나무나는 차와 그릇을 가지러 뛰어갔다.

이때 우겐이 입을 열었다.

"촌장님, 한 번만 용서해주세요. 앞으로 정말 열심히 공부할게요."

우겐의 모습에 한바탕 웃던 촌장이 입을 열었다.

"네가 고아라서 마을에서 학교에 보내준 건데, 학교를 빠지

다니!"

촌장의 호통에 우겐은 잔뜩 주눅이 들었다.

"꼭 열심히 공부해서 마을 사람들 은혜에 보답할게요."

"일단 그 천을 풀고 얌전히 학교에 가면 더 혼내지는 않으마."

촌장은 웃으며 말했다.

"그건 안 돼요. 하루 동안 장님이 되겠다고 부처님께 맹세도 한 걸요."

우겐은 단호했다.

"함부로 주둥이를 놀려서야! 정작 장님들은 빛을 보고 싶어하는데, 두 눈 멀쩡한 사람이 장님 노릇이라니 원!"

"장님이 되려는 게 아니에요. 그냥 숙제를 잘하고 싶은 거뿐이에요. 글을 잘 쓰면 홍링진을 받을 수 있거든요."

"자세한 것까지 알고 싶지 않다. 어쨌거나 지금 당장 학교에 가지 않으면 앞으로 마을에서 널 돌봐주는 일은 없을 테니 양을 치든가 혼자 알아서 생활하거라."

촌장님의 협박에 겁이 난 우겐은 어찌할 바를 몰랐다. 이때 나무나가 주전자와 찻그릇을 들고 돌아왔다. 나무나는 그릇을 깨끗이 닦더니 촌장에게 건네고 차를 따랐다. 촌장은 나무로 만든 찻그릇을 가만히 바라보았다.

"아빠 그릇이니?"

"잘 모르겠어요. 엄마 말씀에 아빠가 남기신 그릇이라고 해서 매일 들고 다니는데요. 사실 전 아빠 얼굴 생각이 잘 안 나요."

나무나의 말에 촌장은 한숨을 내쉬었다.

"정말 착하구나, 너희 아빠가 그렇게 일찍 세상을 뜨지만 않았어도 너희 모자가 그렇게 고생하지는 않을 텐데…."

슬픈 표정을 한 나무나는 아무 말도 없었다.

"너의 아빠는 정말 좋은 분이었단다."

나무나는 여전히 말이 없었다. 촌장은 나무 찻그릇을 보며 말을 이었다.

"이 찻그릇은 네 아빠와 우리가 라싸로 성지순례를 갔을 때 산 거야. 당시에 너희 엄마 뱃속에 네가 있었지. 그때 우리 일행이 열댓 명쯤 됐었는데, 모든 사람이 찻그릇을 하나씩 사 왔지. 지금까지 갖고 있는 경우는 거의 없는데, 너희 아빠 그릇은 대를 이어 너의 손까지 내려왔구나. 쉬운 일은 아닌데 정말 대단하다."

나무나가 다시 입을 열었다.

"정말로 아빠 얼굴이 하나도 기억나지 않아요. 엄마는 제가 아빠를 꼭 빼닮았다고 하셨는데 그런가요?"

촌장은 나무나의 얼굴을 찬찬히 살펴보았다.

"그래, 확실히 네 아빠를 닮았구나. 특히 눈하고 코가 정말 쌍둥이처럼 닮았어."

"이제 저도 아빠 얼굴을 좀 알 것 같아요!"

촌장을 웃으며 말을 이었다.

"아빠처럼 멋있는 수염은 아직 없구나."

"거싸얼왕* 같은 수염이요?"

"그렇지, 그런 수염이지."

"엄마께서도 제가 크면 분명 그런 수염이 자랄 거라고 하셨어요!"

촌장은 웃었다. 차를 한 모금 마시고는 다시 말했다.

"네 아빠는 밀크티를 정말 좋아했단다. 양가죽 펴는 작업 하면서 밀크티를 마셨는데, 어떤 날엔 두세 주전자를 마시기도 했지."

"저도 밀크티 좋아해요!"

"그것도 아빠를 닮았나 보구나."

나무나는 또 말이 없었다.

잠시 후, 촌장이 다시 입을 열었다.

"너희 아빠도 아주 훌륭한 방목공이셨다. 항상 아침 일찍 양을 몰고 초원으로 나와 저물녘이 되어서야 다시 집으로 돌아가곤 했지."

나무나가 또 입을 열었다.

"저도 아침 일찍 양을 몰고 나왔다가 저녁 늦게 집에 가요!"

"그러니? 아빠와 닮은 점이 아주 많구나."

* 티베트에 전해 내려오는 전설적인 국왕으로 요괴와 마귀를 없애고 백성에게 복을 가져다준다.

나무나는 아무 말도 하지 않았지만, 얼굴에 미소가 번졌다.

나무나가 따라준 두 번째 밀크티를 받아 들고서야 촌장은 나무나 이마에 시퍼렇게 멍든 상처를 발견했다.

"이 상처는 왜 생긴 거니?"

마침내 우겐도 대화에 낄 수 있었다.

"아까 익바페 형이 나무나를 때렸어요."

"때려? 왜?"

"긴디류 누나를 놓고 둘이 싸웠어요."

"그게 무슨 말이냐?"

"나무나가 엄마한테 꼭 긴디류 누나한테 장가가겠다고 약속을 했대요. 근데 익바페 형이 나무나는 아직 남자 털이 없어서 긴디류 누나하고 결혼할 자격이 없다고 했어요."

촌장은 큰 소리로 웃기 시작했다. 그리곤 우겐과 나무나에게 물었다.

"너희는 남자 털이 뭔지 알고 있니?"

"아니요! 익바페한테 물어봤는데 안 가르쳐줬어요."

우겐과 나무나는 동시에 대답했다.

촌장은 웃으며 말을 이었다.

"더 크면 알게 될 거다."

이번엔 나무나보다 우겐이 빨랐다.

"익바페 형도 그렇게 말했어요."

우겐의 말에 촌장은 더욱 큰 소리로 웃기 시작했다. 이유를 알 수 없는 나무나는 그저 촌장의 웃는 모습을 보고 있을 뿐이 었다.

"몇 년 지나고 나무나가 익바페 형을 이기면, 그때 긴디류 누나와 결혼할 자격이 생긴다고 익바페 형이 말했어요."

우겐의 말을 들은 촌장은 나무나에게 말했다.

"그럼 앞으로 열심히 능력을 키워야겠네."

"엄마가 그러는데요. 아빠가 살아계실 때 긴디류 아빠와 약속하셨대요. 우리가 어른이 되면 긴디류를 저에게 시집 보내겠다고요. 지금은 우리 아빠가 돌아가셔서 긴디류 아빠가 생각을 바꾸신 걸까요?"

"그렇게 약속했더라도 남자가 능력이 있어야지. 애지중지하며 키운 딸을 시집보냈는데 남자가 능력이 없으면 안 되지. 그럼 어떻게 가정을 꾸려나가겠니?"

촌장의 말에 나무나는 너무 창피해 고개를 푹 숙이고 차마 들지 못했다.

우겐이 또 잽싸게 끼어들었다.

"아스카阿卡 촌장님, 우리 마을 대장이시니 나중에 좀 도와주세요. 예전에 약속한 건 반드시 지켜야 한다고 사람들한테 말해주세요."

촌장이 우겐을 노려봤다.

"아직도 학교에 안 갔니? 내가 직접 선생님 앞에 데려다줘야 정신 차릴래!"

촌장의 꾸지람에 우겐은 빌기 시작했다.

"죄송해요. 내일부터 정말 열심히 할게요. 매일매일 최선을 다할게요. 놀려는 게 아니고 선생님이 내준 숙제하려고 이러는 건데, 오늘 하루만 좀 봐주세요. 네?"

촌장은 말없이 찻그릇을 나무나에게 돌려주더니 자리에서 일어나 말을 타고 떠났다.

한참 후, 촌장이 멀리 갔을 때가 되어서야 우겐이 조심히 말을 꺼냈다.

"설마 촌장님이 나 여기 있다고 선생님께 말하진 않겠지?"

"걱정 마. 그렇게 한가한 분이 아니셔."

나무나의 웃음 띤 대답에 우겐이 그제야 미소를 보인다.

"너도 이제 걱정 안 해도 되겠다. 나중에 촌장님이 반드시 네 편 들어주실 거야."

두 사람 모두 기분이 좋아졌다.

8

초원의 시간은 빠르다면 빠르고 늦다면 늦다. 하늘에 어둠이 내리긴 했지만 정확한 시간을 알 순 없었다.

한껏 여유를 부리며 풀을 깨작거리는 양 떼를 가만히 보고 있던 나무나는 대충 시간을 알 수 있었다.

"해가 진 것 같은데…."

양 몇 마리가 집을 향해 느릿느릿 가는 모습에 나무나는 더욱 확신에 찼다.

"해 졌어. 이제 집에 가야겠다."

나무나의 말에 우겐은 조금 실망했다.

"온종일 눈 가리고 있어도 뭔가 특별한 느낌을 못 받았어. 금세 하늘이 까맣게 어두워질 텐데, 그러면 내가 눈 가린 거랑 똑같아지잖아…."

"그럼 체험 그만하고 집에나 가자."

나무나의 말에 우겐은 잠시 생각에 빠졌다.

"그래도 좀 더 해볼래. 해가 지기 전에 분명 뭔가 느낄 수 있을 거야."

"무슨 느낌이 더 필요해? 집에 가서 대충 쓰면 되는 거 아니야?"

"이미 온종일 이러고 있었는데 하는 김에 좀 더 해보지 뭐. 집에 가자. 방해 안 할게."

나무나는 양이 있는 곳으로 내려가 양 떼를 집 방향으로 몰기 시작했다.

우겐은 저물녘 초원 위에서 들려오는 여러 소리에 한참을 집중했다. 예전에는 미처 듣지 못했던 소리가 들리자 어쩐지 조금 흥분됐다.

우겐에게 돌아온 나무나가 집에 가자며 우겐의 소매를 잡아 끌었다.

양 떼 뒤에서 천천히 집으로 향해 걷고 있을 때, 우겐은 한 번도 들어보지 못한 낯선 소리를 들었다.

우겐은 아예 멈춰 서서 귀 기울여 듣기 시작했다.

우겐의 행동을 본 나무나가 물었다.

"지금 뭐 하는 거야?"

"방금 특이한 소리를 들은 것 같아."

"무슨 소리?"

우겐은 대꾸도 하지 않고 소리에 더 집중했다. 나무나도 우겐을 따라 소리가 나는 곳을 찾기 시작했지만 양 무리에서 흘러나오는 익숙한 소리를 제외하곤 다른 소리를 찾지 못했다.

우겐은 여전히 '소리'에 온 신경을 집중하고 있었다.

얼마 지나지 않아 우겐의 표정이 변하더니 나무나를 향해 소리쳤다.

"나무나! 이리와 봐! 내가 어떤 소리를 확실히 들은 것 같아!"

우겐 곁으로 다가온 나무나도 우겐이 들었다던 소리를 찾기 시작했다.

"거짓말! 무슨 소리가 난다는 거야?"

"정말이라니까. 무슨 노랫소리 같았어."

사뭇 진지한 우겐의 표정에 나무나가 다시 물었다.

"어느 방향에서 들리는데?"

다시 가만히 소리에 집중하던 우겐이 확신에 찬 표정으로 동쪽을 가리켰다.

나무나가 우겐을 일으키더니 입을 열었다.

"그럼 한번 가보자."

나무나와 우겐은 서둘러 움직였다. 발걸음에 속도를 내기 시작하더니 곧 뛰기 시작했다.

얼마 지나지 않아 나무나도 어떤 소리를 들은 듯 자리에 멈춰 섰다.

"나도 무슨 소리를 들은 것 같아!"

나무나의 말에 두 사람은 숨이 차오를 때까지 계속해서 앞으로 뛰었다.

갑자기 나무나가 또 멈춰 서서 말했다.

"분명 노랫소리였어."

두 사람은 다시 앞으로 뛰었다. 얼마 가지 않아 발이 엉켜 바닥에 자빠졌다. 이때, 그 소리가 점점 분명하게 들려왔다. 나무나와 우겐은 아예 바닥에 엎드려 소리가 흘러나오는 정확한 방향을 집중해서 찾기 시작했다.

하지만 돌연 소리가 끊겼다. 영문을 알 수 없는 나무나와 우겐은 어리둥절했다. 다행히도 잠시 후 다시 음악 소리가 흘러나왔다. 누군가가 부르는 노랫소리가 분명했다.

나무나가 우겐에게 물었다.

"대체 무슨 소리지?"

"글쎄, 나도 모르겠어."

나무나와 우겐은 자리에서 일어나 소리를 쫓아 뛰었다. 소리가 점점 더 분명하게 들렸지만, 소리가 흘러나오는 정확한 곳을 찾기 위해서 둘은 또 한참을 걸어가야 했다. 걸어 들어갈수록 소리는 더 크고 또렷해졌다.

마침내, 둘은 수풀 더미에서 '인공위성'을 발견했다. 나무나는 인공위성을 조심스럽게 들어 올리더니 신기하다는 듯 한참을 들여다보았다. 인공위성 안에서 남자가 노래를 부르고 있는 것 같았다.

호기심에 찬 목소리로 나무나가 말했다.

"이게 뭐지? 남자가 안에서 노래를 부르나 봐."

볼 수 없는 우겐도 덩달아 조급해졌다.

"그거 어떻게 생겼어?"

나무나는 인공위성을 이리저리 돌려보며 꼼꼼하게 살폈다.

"설명하긴 좀 힘들어. 참파를 담는 상자 같기도 하고…. 근데 참파 상자라고 해도 어떻게 여기서 소리가 나오지?"

잠시 생각에 잠긴 우겐이 갑자기 뭔가 떠오른 듯 말했다.

"혹시 하늘의 별이 아닐까?"

"하늘에 떠 있는 별이 어떻게 수풀로 떨어져?"

나무나는 바로 토를 달았다.

"밤마다 하늘에서 별 떨어지는 거 못 봤어?"

우겐의 말에 나무나도 잠시 뭔가를 생각하더니 다시 입을 열었다.

"그럼 별이 어떻게 노래를 불러?"

우겐도 갑자기 뭔가가 생각난 듯했다.

"아, 우리 선생님이 그러는데 인공으로 만든 어떤 별은 노래할 수 있대."

나무나가 의아한 표정으로 대답했다.

"뭐? 인공? 하늘에 사람이 만든 별이 있다는 거야? 그럼 그 별은 어떻게 하늘까지 간 건데?"

"그건 나도 모르지."

우겐의 대답에 나무나는 웃었다.

"그러니까 이건 절대 별이 아니야. 내 생각에는 이 안에 소인이 있는데 그 사람이 노래를 부르고 있는 것 같아."

우겐은 반신반의했다.

"설마, 그럴 리 없어!"

"확실해! 이거 열어서 소인이 있나 없나 봐야겠다."

"혼자 열지 마. 이건 내가 찾은 거잖아."

우겐이 말렸지만 나무나도 지지 않고 웃으며 말했다.

"네가 찾은 거라고? 너 지금 눈 가리고 있는 거 잊었어? 아무 것도 못 보면서 어떻게 찾아?"

나무나의 말에 조급해진 우겐이 변명을 늘어놓는다.

"그러니까…. 그래도 소리는 내가 먼저 들었잖아!"

나무나는 음흉스레 웃으며 말했다.

"소리를 들은 건 찾은 게 아니지. 눈으로 직접 발견해야 찾은 거지."

우겐은 도저히 말로 나무나를 이길 수 없을 것 같았다.

"제발 부탁할게. 내일 같이 열어보면 안 될까?"

나무나는 이미 마음을 굳힌 듯했다.

"안 돼. 안에 있는 사람이 도망이라도 가면 어쩌려고? 당장 열어서 소인이 있는지 찾아볼 거야."

인공위성 안에서 계속 흘러나오던 노랫소리가 점차 흐릿해졌다.

나무나가 우겐에게 말했다.

"넌 그렇게 공부를 많이 하면서도 이게 무슨 소리인지 몰라?"

우겐은 온 신경을 집중해 소리를 들었지만, 얼마 지나지 않아 곧 고개를 세차게 저었다.

"소리가 점점 작아져서 정확히 모르겠어. 근데, 중국어로 부르는 건 맞아."

나무나는 아무런 대꾸도 하지 않은 채 인공위성을 응시했다. 진짜로 노랫소리가 점점 약해지고 있었다.

"소인이 배가 고픈가? 노랫소리가 왜 점점 작아지지?"

나무나는 이미 인공위성을 뜯으려 마음먹은 듯 설명을 늘어놓았다.

"그러게, 정말 배가 고픈가 봐."

"또 뭐 발견했어?"

우겐이 물었다. 자세히 들여다보던 나무나가 말했다.

"여기 위에 뭐라고 적혀 있어. 잘 안 보이는데 한자는 맞아."

"그럼, 잘 뒀다가 내일 보여줘. 내가 볼게."

"싫어."

나무나는 외마디를 던져놓고 품에서 고기 자르는 작은 칼을 꺼내더니 인공위성을 분해하기 시작했다.

인공위성을 열심히 뜯고 있는 나무나 옆에서 아무 것도 할 수 없는 우겐은 마음이 급해졌다. 무슨 방법이라도 써야 했다.

"예전에 선생님이 이런 인공위성에는 여러 국가의 기밀이 들어있다고 말씀해주셨어. 그러니까 우리 그거 그냥 돌려주자."

우겐의 협박에도 나무나는 꿈쩍하지 않고 고개를 숙인 채 분해에만 몰두했다. 잠시 후, 인공위성 안에서 흘러나오던 소리가 끊겼다.

우겐은 마음이 조급해졌다.

"무슨 일이야? 설마 소인을 다치게 했어?"

긴장한 듯 나무나가 대답했다.

"아니, 소인은 아직 못 찾았어."

우겐은 조심히 말을 이었다.

"나무나, 다른 사람한테 말 안 한다고 약속하면, 이 천 풀고 한번 볼게."

나무나는 아주 진지했다.

"안 돼. 맹세까지 했으면 지켜야지. 왜 지키지도 못할 약속을 한 건데?"

나무나의 냉정한 태도에 우겐은 토라졌다.

이때, 인공위성 안에서 또다시 소리가 흘러나왔다. 쉰 것 같은 남자 목소리가 흐릿하게 들려왔다. 우겐은 순간 몇 마디를 알아들었다.

그날 넌 붉은 천으로 내 두 눈을 가리고 하늘을 가렸지.
내게 무엇이 보이느냐고 물었어.
난 행복이 보인다고 대답했어.

그다음 소절은 전혀 알 수 없었다. 나무나는 여전히 '댕그랑' 소리를 내며 이리저리 잡아 뜯고 있었다. 결국 인공위성 부품이 사방으로 날아갔다.

우겐이 갑자기 눈을 감싼 홍링진을 잡아 풀어 한쪽으로 내던졌다.

인공위성 안에서 미세하게 들리던 쉰 것 같은 남자의 노랫소리가 빠른 박자로 바뀌더니 결국 아예 끊겨버렸다.

나무나의 손에 처참히 부서져 바닥에 흩어져 있는 부품들을 보자 우겐은 분통이 터졌다.

"소인은? 잡았어?"

나무나는 부품들을 쳐다보며 한숨을 내쉬었다.

"아니, 없었어. 도망갔나?"

우겐의 얼굴에 미소가 번지더니 이내 말했다.

"근데 무슨 노래인지 알겠어."

"뭔데? 얼른 말해봐,"

나무나가 대답을 재촉했다.

한참 지나서야 우겐은 천천히 입을 열었다.

"나무나, 바보 자식. 말 안 해줄 거다!"

나무나도 따라 웃었다.

"꼬마 녀석!"

지은이 페마체덴(萬瑪才旦)

티베트인으로서 작가이자 영화감독, 번역가이다.

시베이 민족대학에서 티베트어와 문화를, 베이징 영화학교에서 영화를 공부했다.

1991년부터 작품 활동을 시작했다. 대표작으로는 티베트어 소설집『유혹诱惑』『도시 생활都市生活』과 중국어 소설집『방랑 가수의 꿈流浪歌手个梦』, 프랑스어 소설『Neige』, 일본어 소설『영혼을 찾아서寻找智美更登』가 있다. 그의 작품은 영어, 프랑스어, 독일어, 일본어, 체코어 등으로 번역되었다. 2002년부터 티베트의 문화와 생활을 깊이 있고 세심하게 그려낸 영화를 만들고 있다. 대표작으로는 〈고요한 마니석静静的嘛呢石〉, 〈진파撞死了一只羊〉, 〈영혼을 찾아서寻找智美更登〉, 〈올드 독老狗〉이 있다. 베니스영화제 오리종티 각본상, 상하이영화제 아시아 신인 최고감독상, 중국 진지상 최고연출가 데뷔작상, 도쿄 FILMeX영화제 최고영화상, 브루클린영화제 최고영화상 등을 수상하며 활발한 활동 중이다.

옮긴이 김미헌

성신여대 중문과와 제주대 통번역대학원 한중과를 졸업했으며 한국외대 중문과 박사과정을 수료했다. 중국 안칭직업기술대학 외국어과 교수를 지낸 바 있다. 현재 제주대학교 통역번역대학원 등에서 강의하고 있으며, 부산국제영화제, 부천국제판타스틱영화제 등 각종 영화제에서 영상 번역가로 활동 중이다.

:: 산지니 · 해피북미디어가 펴낸 큰글씨책 ::

문학 ────────────

보약과 상약 김소희 지음

우리들은 없어지지 않았어 이병철 산문집

닥터 아나키스트 정영인 지음

팔팔 끓고 나서 4분간 정우련 소설집

실금 하나 정정화 소설집

시로부터 최영철 산문집

베를린 육아 1년 남정미 지음

유방암이지만 비키니는 입고 싶어 미스킴라일락 지음

내가 선택한 일터, 싱가포르에서 임효진 지음

내일을 생각하는 오늘의 식탁 전혜연 지음

이렇게 웃고 살아도 되나 조혜원 지음

랑(전2권) 김문주 장편소설

데린쿠유(전2권) 안지숙 장편소설

볼리비아 우표(전2권) 강이라 소설집

마니석, 고요한 울림(전2권) 페마체덴 지음 | 김미헌 옮김

방마다 문이 열리고 최시은 소설집

해상화열전(전6권) 한방경 지음 | 김영옥 옮김

유산(전2권) 박정선 장편소설

신불산(전2권) 안재성 지음

나의 아버지 박판수(전2권) 안재성 지음

나는 장성택입니다(전2권) 정광모 소설집

우리들, 킴(전2권) 황은덕 소설집

거기서, 도란도란(전2권) 이상섭 팩션집

폭식광대 권리 소설집

생각하는 사람들(전2권) 정영선 장편소설

삼겹살(전2권) 정형남 장편소설

1980(전2권) 노재열 장편소설

물의 시간(전2권) 정영선 장편소설

나는 나(전2권) 가네코 후미코 옥중수기

토스쿠(전2권) 정광모 장편소설

가을의 유머 박정선 장편소설

붉은 등, 닫힌 문, 출구 없음(전2권) 김비 장편소설

편지 정태규 창작집

진경산수 정형남 소설집

노루똥 정형남 소설집

유마도(전2권) 강남주 장편소설

레드 아일랜드(전2권) 김유철 장편소설

화염의 탑(전2권) 후루카와 가오루 지음 | 조정민 옮김

감꽃 떨어질 때(전2권) 정형남 장편소설

칼춤(전2권) 김춘복 장편소설

목화-소설 문익점(전2권) 표성흠 장편소설

번개와 천둥(전2권) 이규정 장편소설

밤의 눈(전2권) 조갑상 장편소설

사할린(전5권) 이규정 현장취재 장편소설

테하차피의 달 조갑상 소설집

무위능력 김종목 시조집

금정산을 보냈다 최영철 시집

인문 ────────────

엔딩 노트 이기숙 지음

시칠리아 풍경 아서 스탠리 리그스 지음 | 김희정 옮김

고종, 근대 지식을 읽다 윤지양 지음

골목상인 분투기 이정식 지음

다시 시월 1979 10 · 16부마항쟁연구소 엮음

중국 내셔널리즘 오노데라 시로 지음 | 김하림 옮김

파리의 독립운동가 서영해 정상천 지음

삼국유사, 바다를 만나다 정천구 지음

대한민국 명찰답사 33 한정갑 지음

효 사상과 불교 도웅스님 지음

지역에서 행복하게 출판하기 강수걸 외 지음

재미있는 사찰이야기 한정갑 지음

귀농, 참 좋다 장병윤 지음

당당한 안녕—죽음을 배우다 이기숙 지음

모녀5세대 이기숙 지음

한 권으로 읽는 중국문화 공봉진 · 이강인 · 조윤경 지음

차의 책 The Book of Tea
오카쿠라 텐신 지음 | 정천구 옮김

불교(佛敎)와 마음 황정원 지음

논어, 그 일상의 정치(전5권) 정천구 지음

중용, 어울림의 길(전3권) 정천구 지음

맹자, 시대를 찌르다(전5권) 정천구 지음

한비자, 난세의 통치학(전5권) 정천구 지음

대학, 정치를 배우다(전4권) 정천구 지음